문이령 단편동화집

먼 길

문이령 단편동화집

먼 길

초판 1쇄 인쇄 2021년 11월 01일
초판 1쇄 발행 2021년 11월 11일

지은이 문이령
펴낸이 강정규

펴낸곳 시와 동화
등록번호 제2014-000004호
등록일자 2012년 6월 21일

주소 경기도 부천시 소사구 성주로 86-4, 104동 402호(송내동, 현대아파트)
전화 032-668-8521
이메일 kangjk41@hanmail.net

ISBN 978-89-98378-48-6 43810

이 책 제작비 일부로 부천시 문화예술발전기금을 받았습니다

값은 뒤표지에 있습니다

문이령 단편동화집

먼 길

시와 동화

차례

제1부

제2부

제3부

제1부

할아버지 지게

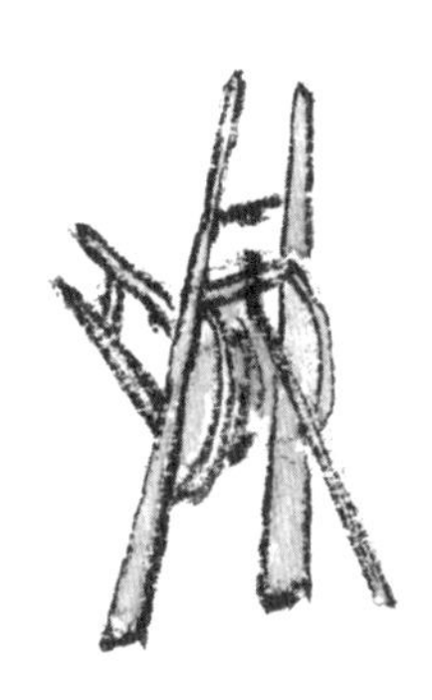

산이 사방으로 둘러싸인 산골마을
산이 소를 닮았다고 소우(牛)자 우산이
95년 전 한 사내 아기가 태어났어

으앙! 으앙!
덕만이 태어난 날,
3대 독자 아들 얼굴도 못보고
어느 날 갑자기 세상 떠난 남편 생각에
아기 낳은 엄마도 아기 따라 울었어

순하디 순한 덕만이 도담도담 자랐지
아홉 살이 되면서
이웃집 아저씨 따라
아버지가 만들어 둔 지게지고
뒷산 올라 나무 해왔어

때마다 엄마는 매운 연기 탓인지
앞치마로 자꾸 눈가를 씻으며
고사리 손으로 해 온 나무로 밥을 지으셨어

누가 시킨 것도 아닌데
마당 쓸고 물 긷고 나무 해 오고
덕만이는 스스로 어린 가장이 되었어
동무들은 고개 너머 훈장님께 글을 배우러 갔어
먼발치에서 부러운 눈빛으로 바라볼 뿐
홀어머니 마음 아프실까봐 내색도 못했지

새벽같이 일어나 텃밭을 매고
여름이면 꼴을 베어 퇴비하고

겨울에도 나무 해다 장에 팔았어
그래 얻은 별명이 일귀신

알뜰살뜰 모은 돈으로 송아지 한 마리 샀어
이른 새벽 콩 듬뿍 넣어 쇠죽을 쑤고
여름엔 더울세라 냇가 미루나무 그늘에 매어두고
추울 땐 덕석 만들어 입히고
사시사철 밤낮으로 애지중지 자식처럼 보살폈어

어느새 반지르르 자란 어미소
"소장수 20년에 이렇게 잘 키운 소 처음보네
값은 달라는 대로 다 줌세, 얼마면 팔겠나?"
어느새 소장수도 탐을 내게 되었어

소 팔아 다시 송아지 사고
송아지 키워 어미소 팔고
해마다 돈을 모아
논밭 사고
덕만이네 부자가 되었어

소처럼 부지런한 덕만이
어엿한 청년이 되었지
스무 살 되던 해, 이웃 마을 사는
보름달처럼 예쁜 각시한테 장가갔어

싱글벙글 새신랑 입이 귀에 걸렸지
아가 복도 많이 받아
해 걸러 아들딸 순풍순풍 낳았어
횃댓보 아래 머루알 같은 눈알들이 빛났지

사노라면 좋은 날만 있겠는가?
비 오고 바람 부는 날도 있는 법
해방되기 몇 해 전
징용으로 나오라는 통지 받았대
태어나 자란 마을 한 번도 떠나본 적 없는 덕만이
멀리 현해탄 건너 일본 탄광 끌려가셨대

올망졸망 강아지 같은 자식 볼 소망으로
3년을 하루같이 모진 노역 감당하셨지

해방되자 단숨에 집으로 돌아온 덕만이
오랜 고생 탓인가 병을 얻어 사경을 헤매셨대

강중강중 뛰며 아버지 왔다고 반기던 어린 딸
아빠 곁에 누워 시름시름 앓다가
어느 날 밤 뽀로록 게거품 물고 하늘나라로 갔어
“지애비 대신 간 효녀야!”
동네 사람들 귀엣말 소곤거렸지
눈에 넣어도 아프지 않은 딸 가슴에 묻고 사셨지

태풍 불고 억수같이 비 쏟아지다가
날씨 개고 햇볕 나면
잎이 나고 꽃도 피어나듯
슬픔도 바쁘게 살다보면 일 속에 묻히는 법
일귀신 아저씨는 슬플 때나 기쁠 때나
이른 새벽 소를 몰고
30리길 다른 동네 품을 파셨대

아저씨 때때로 풍류도 즐기셨대

청아한 소릿가락으로 좌중을 휘어잡고
술 좋아하고 사람 좋아해서
인근 마을 5일 장날 만난 사람
아저씨 술 못 얻어먹은 사람 없었다지

늘그막에 얻은 막내딸 중학공부 시킨다고
월사금으로 쌀 두말 멜빵 걸어 등에 지고 십리길
평생을 까막눈으로 살아오신 아저씨
자식 낳을 때마다 면사무소 가
당신 손으로 출생신고 하시는 게 소원이셨대

여섯 아들 두 딸 키워 대학 보내고
시집 장가보내면서
때마다 애써 일군 전답 팔아 살림도 냈지
아쉬울 때만 찾아오는 예쁜 도둑들
일 년 내내 자식처럼 키운 푸성귀 지게에 지고
고갯마루 훠이훠이 넘나드셨지

세월 이기는 장사 없다던가,

정수리에 하얗게 서리 내리고
여든 넘어 허리 굽으셨을 때도
"너 좋거든 다 가져가라."
보따리 꾸려 버스 정류장까지 져다주셨지

우렁이 자식들 어미 속 다 파먹고
빈 껍질 둥둥 떠가는 걸 보고
'울 엄마 춤추며 간다' 노래하듯
'우리 아버지 힘도 장사셔'
다 큰 자식들 좋아라 빈손으로 뒤따랐지

정이 많아 남 어려운 일
그냥 지나치지 못하시던 분
빚보증으로 한 해 농사지은 쌀가마니 다 넘겨주고
마나님 지청구 귀에 못이 박혀도
여전히 세 살 버릇 여든까지라듯이
청상과부 하소연 거절 못하시고
늘그막에 노후대책 통장까지
담보대출 받아주고 빈털터리 되셨지

남 다 주고도 마냥 어린 아기처럼
해맑게 웃으셨던 일귀신 할아버지
일평생 궂은 일만 도맡아 하신 분
남은 건 거친 손마디와 우렁이 껍질처럼 자빠진 손톱

오지 않는 자식들 기다리며 툇마루에 앉아
고개 너머 바라보며 해바라기 하시던 할아버지
그날도 이른 새벽 버릇같이 마당 쓰시고
지게 옆에 싸리비 세워둔 채
가신단 말도 없이 먼 길 홀로 가셨네

늘그막에 노인대학 입학하시어
졸업식 때 쓰신 사각모 영정사진
해맑게 웃고 계시네

80년을 함께 한 할아버지 빈 지게
오늘도 기와집 대문 옆에 우두커니 서서
오지 않는 주인 기다리고 있네.

(≪창문≫ 2017년 사화집)

먼 길

"아이쿠!"

파란 대문집 할아버지가 이른 아침 대청마루에서 쓰러졌습니다. 잠시 후 하얀차가 앵앵거리며 성황당 고개를 넘어옵니다. 하얀 차는 하얀 홑이불에 싸인 할아버지를 싣고 왔던 길을 돌아갑니다.

급히 연락을 받은 막내아들이 반바지 차림에 슬리퍼를 신은 채 장례식장으로 달려왔습니다. 1층 사무실을 왔다갔다하더니 빈소가 금세 차려졌습니다. 안산장례식장 303호실엔 학사모를 쓴 할아버지가 흰 국화에 싸여 환하게 웃고 있습니다. 노인대학 졸업식 때 찍은 사진입니다. 웃는 모습이 유치원 졸업생처럼 맑고 밝았습니다.

영정을 모신 단 오른쪽엔 흰 국화가 한 아름 꽂혀 있고 왼쪽에는 시가 적힌 액자가 놓여있습니다. 빨간 한지에 붓으로 예쁘게 쓴 글입니다. 큰딸이 아버지를 생각하며 쓴 글이라고 했습니다.

왼녘에는 할머니와 할아버지 누님과 사촌 동생 내외가 그림처럼 벽에 기대어 앉아있습니다. 할머니는 손님처럼 가만히 앉아있습니다. 올해 아흔두 살이 되는 할아버지 누님은 "내가 먼저 죽어야지, 네가 먼저 왜 갔니?" 낮은 타령조로 되뇌며 시시때때로 울고 있습니다. 팔순이 넘은 사촌 동생 내외는 초연한 모습으로 빈소를 지키고 있습니다.

오른쪽에서는 여섯 상주가 서서 조문을 받습니다. 조문객 중에는 흰 국화를 드리고 기도하는 사람도 있고, 큰 절을 두 번 하는 사람도 있습니다. 교회에서는 교인들 여럿이 오셔서 예배를 드리기도 했습니다. 친척 할머니 몇 분은 조문객이 뜸한 사이에 아이고 아이고 곡을 하기도 했습니다. 여기저기서 조화들이 배달되어왔습니다.

밤이 깊어지면서 초상집이 잔칫집 분위기로 바뀌는 듯했습니다.

동네 사람, 이웃 마을 사람들, 친척들조차 초상집인 것을 잊은 건 아닌가 할 정도입니다. 한쪽에선 화투를 치는 패들이 떠들썩합니다. 다른 한쪽에선 술자리도 무르익어 갔습니다. 문상객들이 뜸

해지자 상주들까지도 술잔을 돌리며 이야기를 나누었습니다.

"우리 아버님처럼 멋지게 돌아가신 분은 없으실 거예요. 참 멋지셔요."

막내며느리가 멋지셔요를 힘주어 말했습니다.

"난 아버지가 돌아가셨다는 게 믿어지지 않아. 수영장 다녀오는데 작은애가 전활 했어. 외할아버지가 돌아가셨대. 그래서 누구네 외할아버지냐니까 우리 외할아버지래. 우리 외할아버지면 우리 아버지잖아……."

큰딸은 아직도 실감이 나지 않는다는 듯 말했습니다.

"허허허!"

둘째 아들이 재미있다는 듯 큰 소리로 웃었습니다.

"참 복 있게 돌아가셨어. 평소 기도를 많이 하셨지……. 새벽마다 대청마루에 나가셔서 꼭 기도하셨어. 어머니한테 벙어리기도 한다고 지청구도 많이 들으셨지."

막내아들이 말했습니다.

"정말 대복이야, 대복. 착하게 사셨으니까 천사가 데려가신 것 같아. 우리 울지 말고 보내드리자고."

큰며느리가 남의 말 하듯 말을 받았습니다.

"구구 팔팔 이 삼 사(99세까지 팔팔하게 살다 2~3일만 앓다 죽고 싶다는 뜻)라고 한다는데 우리 아버님은 돌아가시는 날 아침까지 마당을 쓸고 가셨으니 대복은 대복이지.”

큰아들이 점잖은 목소리로 말했습니다.

“아프신 데가 한 군데도 없으셨다니까, 뭐든지 잘 잡숫고 싫어하시는 게 없으셨다니까.”

할아버지 옆집에 사는 다섯째 아들이 말했습니다.

“술을 좋아 하셔서 아픈 줄도 모르신 거 아니냐? 우리 아버지가 제일 좋아하시던 게 바로 이거야.”

이 홉들이 소주병을 들어 올리며 술 취한 목소리로 넷째아들이 말했습니다.

“교회는 뒤늦게 나가셨지만 구원받고 돌아가신 게 제일 감사하지.”

구석에 가만히 앉아있던 막내딸이 한마디 보탭니다.

갑자기 돌아가신 게 아주 잘된 일이라는 듯한 분위기입니다.

할아버지가 얼마나 쓸쓸하고 막막하게 지내셨는지 속마음을 아는 사람은 아무도 없는 듯합니다. 보이는 게 다는 아니라는 것을 모두 잊은 듯합니다.

다음 날 아침입니다.

상주들은 모두 입관실로 내려오라고 했습니다.

1층 입관실은 통유리로 칸막이가 되어 있었습니다.

유리문 너머 하얀 천으로 몸을 덮은 할아버지가 반듯하게 누워 있습니다. 햇볕에 그을린 새까만 다리와 팔 그리고 옆모습이 얼핏 보였습니다. 할아버지는 죽어서도 씻겨지지 않을 만큼 손톱 발톱이 뒤둥그러지게 일만 하다가 세상을 떠나셨습니다.

장의사는 맏상제를 불러 할아버지 머리를 반듯하게 잡으라고 했습니다. 그리곤 노련한 솜씨로 삼베로 만든 수의를 입혀갔습니다. 몸을 덮은 흰 천을 조금씩 올리며 먼저 버선을 신겼습니다. 다음으로 장갑을 끼워드렸습니다. 바지를 입히고 저고리도 입혀 드렸습니다. 마지막으로 두루마기를 입혀 드렸습니다. 수의를 다 입혀 드리고 얼굴을 깨끗이 닦아드린 후 상주들에게 마지막 인사를 드리라고 했습니다. 여섯 아들이 누워계신 할아버지께 마지막 인사를 드렸습니다. 마지막 인사치고는 참 짧은 시간이었습니다.

"아버지, 아버지, 우리 아버지, 이렇게 가시면 어떻게 해요?"

"……."

소리 없이 울고 있던 큰딸만 나무 기둥처럼 딱딱해진 할아버지 시신을 부둥켜안고 서럽게 울음을 토해냈습니다. 반듯하게 누워 말없이 자식들 마지막 인사를 받으신 할아버지를 장의사는 삼베

두루마기 위로 일곱 매듭을 묶었습니다. 할아버지는 나비가 되어 날아갈 고치모양이 되었습니다. 장의사는 할아버지를 까만 나무 관 안에 반듯하게 눕혔습니다. 그리고 십자가가 그려진 빨간 천으로 관을 씌웠습니다.

하늘 가는 밝은 길이 눈앞에 있으니
슬픈 일을 많이 보고 늘 고생하여도
하늘 영광 밝음이 어둔 그늘 헤치니
예수 공로 의지하여 항상 이기리로다

팔순이 넘어 세례를 받은 할아버지 입관예배를 선부교회 목사님이 인도하셨습니다. 찬송가 내용이 할아버지의 삶과 같다는 생각이 들었습니다.

삼 일째 되는 날 아침, 서둘러 할아버지를 하얀 영구차에 태웠습니다. 제일 먼저 파란 기와집에 들렀습니다. 할아버지가 태어나 여든일곱 해를 사시던 집입니다. 유복자로 태어나 어려서부터 홀어머니를 모시고 가장 노릇을 하던 집입니다. 평생 농사지어 아들딸 키워 시집과 장가 보내고 늙어선 영감 마누라 둘만 남아 오롯이 살던 집입니다.

평생 지게 지고 오가던 냇둑 길을 오늘은 빈 몸으로 차를 타고 갑니다.

대쟁이마을 앞에서 영구차가 섰습니다. 길이 좁아 더 이상 갈 수 없다고 했습니다. 할아버지 영정사진은 머리가 희끗희끗한 큰사위가 들고 앞장을 섰습니다. 사진 속의 할아버지가 더 젊어 보였습니다. 학사모를 쓰고 웃으며 먼 길을 떠나시는 할아버지는, 사실 서당에도 신식학교 운동장도 밟아보지 못했습니다. 그래서 할아버지 평생 한은 글을 모르는 것이었습니다. 자식을 열(둘은 어려서 죽었지만)을 낳아도 면사무소에 가서 출생 신고도 할 줄 몰랐습니다. 그래서 동네 이장 보고 아기를 낳을 때마다 부탁해야 했습니다.

대쟁이마을 반장 아저씨는 할아버지 관이 내리는 것을 보더니 미리 준비한 노제 상을 들고 얼른 마당으로 나왔습니다. 북어포, 수박, 사과도 놓였습니다. 살아 생전 좋아하셨던 소주를 한 잔 가득 따라 붓고 큰 절을 두 번 올렸습니다.

"아저씨, 좋은 곳에 가셔서 편히 쉬세요."

"……."

묏자리를 파놓고 기다리던 동네 아저씨들은 할아버지가 도착하셨다는 말을 듣고는 얼른 내려와 관을 모시고 올라왔습니다.

할아버지 가묘 왼쪽에는 할아버지 부모님 묘가 있습니다. 그 묘 앞에는 흰 국화 꽃다발이 놓여있습니다.

가묘 오른편엔 커다란 천막이 쳐졌습니다. 천막에는 '우산이 마을'이라고 까만 글씨가 쓰여 있습니다.

수박만큼 배가 나온 마을부녀회장은 얼음이 둥둥 뜬 수박 화채를 커다란 고무함지에 가득 만들어 왔습니다. 마을 아주머니들은 얼큰한 육개장, 동태전, 돼지머리 삶은 것, 술, 떡 등 맛있는 음식을 잔뜩 해와 일하는 분들과 산소에 오신 손님들을 대접합니다.

삼복더위라 하더니 참으로 무더운 날씨입니다. 뜨거운 햇살이 머리 위로 내리꽂힙니다. 사람들 이마에서 땀이 비 오듯 합니다.

"아이고, 더워라."

대복 아버지가 수박화채 옆에 준비해놓은 얼음물통에 머리통을 넣고 흔듭니다. 강아지 목욕시키면 부르르 털듯 물을 털고 다시 묘지로 달려갑니다. 옆에 있던 사람들이 허허 웃어댑니다. 점잖으신 만수정 사장님도 얼음통에 수건을 적셔 머리에 두릅니다. 아저씨들은 번갈아 가며 얼음통에다 수건을 풍덩 적셔 머리에 두르고 일을 합니다.

기와집 윤 씨 아저씨는 묘지 북쪽에 쪼그리고 앉아 훈수를 둡니다.

성미 아버지가 무덤 안을 흰 창호지로 바릅니다. 마치 새집에 도배하듯 정성스레 벽지를 바릅니다.

"도배 값 내세요."

창호지를 바르던 성미 아버지가 말했습니다.

"알았으니 일이나 잘해요."

무덤 안을 위에서 지켜보던 둘째 아들이 대답합니다. 그리고 양복 안주머니에서 만 원짜리 몇 장을 꺼내 내려보냈습니다.

무덤 벽에서 작은 흙 알갱이 몇 알이 방금 발라 놓은 창호지 위로 떨어집니다.

"저런 ……, 잘 좀 하라고요."

이번엔 셋째 아들이 지청구합니다.

"아, 그렇게 잘하면 당신이 해요."

성미 아버지가 한마디 합니다.

"하라면 못할 줄 알아요. 내가 평생 선소리하며 산 사람인데."

셋째 아들이 말대꾸합니다.

"허허허……정말 그렇네."

"하하하……."

동네 아저씨들은 상주들과 우스갯소리를 주고받으면서 무더위 속에서 일합니다.

관에서 누에고치처럼 일곱 마디를 동여맨 할아버지를 꺼냈습니다. 제일 먼저 막내딸이 "아이고! 아이고!" 곡을 하며 서럽게 울기 시작했습니다. 막냇사위는 보이지 않았습니다. 한동안 사장이라며 외제 차 타고 다니며 빵빵대더니 빚만 거미줄 걸리듯 남긴 채 부도를 내고 중국으로 피했답니다. 그러니 장인이 돌아가셔도 올 수가 없었지요. 그래서 막내딸은 제 설움에 운다고 할까 봐 슬픔마저 참고 있었던 거지요. 막내딸이 뙤약볕 아래서 통곡을 하기 시작하자 다섯째 며느리도 사설을 늘어놓으며 울기 시작했습니다.

"어머님은 어떻게 사시라고 아버님 혼자 가셨어요? 어머님은 어떻게 사시라고……."

여기저기서 훌쩍이는 소리가 들렸습니다. 동네 아저씨들은 울음소리 속에서 할아버지를 무덤 안으로 모셨습니다. 하얀 띠를 둘러 할아버지 머리를 북쪽으로 반듯하게 눕혔습니다.

성미 아버지는 할아버지 발치부터 지붕을 덮어드리듯 나무판을 하나씩 덮어 갔습니다. 나머지 한 조각이 남겨졌을 때입니다.

"자, 노잣돈 드리세요."

무덤 안에서 남은 나무판을 올려보냈습니다.

아들들이 안주머니에서 부스럭거리며 만 원짜리를 몇 장 꺼냅니다. 큰사위도 미리 준비한 하얀 봉투를 올려놓습니다. 할아버지 누님도 고쟁이 주머니에서 만 원짜리를 한 장 꺼내 올려놓습니다. 돈이 쌓인 나무판이 다시 무덤 안으로 내려갔습니다. 성미 아버지는 그것을 받아 가지런히 모아 누워계신 할아버지 가슴 위에다 올려 드렸습니다.

"아저씨! 노잣돈 많이 드렸습니다. 좋은 곳으로 가세요."

그리고 정중하게 큰 절을 두 번 올렸습니다. 지켜보던 사람들 모두 숙연해졌습니다. 정적이 흘렀습니다. 숨소리조차 들리지 않는 고요한 순간이었습니다. 큰절을 올린 성미 아버지는 마지막 뚜껑을 닫기 전 할아버지 가슴에 올려드렸던 노잣돈을 다시 꺼내 들었습니다.

"아저씨, 이 돈은 제가 술 사 먹으렵니다."

"……."

"성미 애비야, 그렇게 해라."

성미 아버지는 혼자 말하고 대답도 했습니다.

"안된다, 이놈아!"

돈뭉치를 들고 자문자답하는 성미 아버지 머리 위에서 누군가 돌아가신 할아버지 흉내를 냈습니다.

"하하하, 하하하……."

"허허허, 허허허……."

숙연하던 분위기가 갑자기 흩어지며 여기저기서 웃음이 터져 나왔습니다. 할아버지 가시는 길이 울음바다가 되었다가 웃음바다가 되었다 합니다.

“아버지, 하늘나라에 가셔서 편히 쉬세요.”

“…….”

상주들은 차례로 보드라운 흙을 한 삽씩 덮어드렸습니다.

더운 날씨는 점점 더 기온이 올라가는 듯했습니다.

상복 저고리 끝에서 눈물 같은 땀이 똑똑 떨어져 내렸습니다.

동네 아저씨들은 연신 수박 화채를 마셔가며 달궁을 했습니다. 황톳빛 고운 흙을 한차례 덮고 북소리 장단에 맞추어 달궁을 했습니다. 성미 아버지가 선창을 하면 동네 아저씨들은 후렴구를 따라 부르고 원을 그리듯 시계방향으로 돌며 달구질을 했습니다.

노세노세 젊어 노세 늙어지면 못 노나니

에헤 에헤라 달고

물이라도 건수 지면 놀던 고기도 아니 오고

에헤 에헤야 달고

비단옷도 떨어지면 물걸레로 돌아가고

에헤 에헤야 달고

좋은 쌀밥도 헤어지면 수챗구멍으로 나가는데
에헤 에헤야 달고
하물며 우리 인생 늙어서 죽어지면 북망산천 가는구나!
에헤 에헤야 달고

구슬픈 선소리에 맞추어 북장단이 울립니다. 길게 새끼 꼬아 늘여놓은 북 줄에 사람들이 노잣돈을 꽂았습니다. 아들도 딸도 사위도 노잣돈을 꽂았습니다. 천막 안에 그림같이 앉아있던 할머니도 영감님 여비로 만원을 꺼내 손주에게 대신 가서 꽂으라고 했습니다. 할아버지 누님도 주척거리며 여비를 꽂고와선 자랑스레 말했습니다.

"나두 동네 일 보면서 봐서 안다우."

외딴집 성미 아버지의 구성진 선소리는 계속 이어졌습니다.

인생이 태어날 때 맨손으로 왔다가 맨손 쥐고 가는 것을
에헤 에헤야 달고
공자도 죽고 맹자도 죽고 누구나 한 번씩은 죽고 마는 세상
에헤 에헤야 달고

여보시오 상여꾼들 너도 죽으면 이길 가고 나도 죽으면 이길 간다.

에헤 에헤야 달고

이팔청춘 소년들아 백발을 보고 웃지 마라

에헤 에헤야 달고

술집에 갈 때는 친구가 있지마는 북망산천에는 나만 홀로 가네

에헤 에헤야 달고

어떤 동갑은 백 년도 산다는데 차마 서러워 못가겠네

에헤 에헤야 달고

구성지게 선소리를 하며 북을 치던 성미 아버지가 북을 그쳤습니다.

달구질을 마치고 떼를 입힙니다. 조각이불을 덮어드리듯 한 장씩 뗏장을 덮어드립니다. 뗏장을 덮을 때마다 돈을 하나씩 꽂으라고 합니다.

"자! 자! 큰사위 쓰는 김에 더 써요."

큰사위는 상복 안주머니에서 미리 준비한 봉투를 내놓습니다.

"봉투 말고, 현금이요. 봉투는 가짜가 많아요."

마을 아저씨들은 끈질기게 큰사위를 달아 먹었습니다.

"준비한 거 다 냈는데 자꾸 더 내라네……."

계속 양복주머니에서 봉투를 꺼내던 큰사위 입에서 볼멘소리가 나왔습니다.

선소리하며 벌 돈을 더 내라며 옥신각신하는 사이 신기하게도 동그란 산소가 예쁘게 만들어졌습니다. 정월 대보름달을 반 똑 잘라 엎어 놓은 것 같은 할아버지 산소 위에 때 이른 고추잠자리 떼가 맴을 돌고 있습니다.

(2008년 제5회 부천신인문학상)

눈 위의 발자국

시인의 집 창호지 문밖으로 호야등 불빛이 새어 나옵니다.

시인은 밤이 늦도록 시를 쓰는 모양입니다.

시인이 시를 쓰는 밤이면 시인의 아내는 포기대로 아기를 둘러업고 가만히 방을 빠져나옵니다. 단칸방에 사는 시인이 아기가 칭얼거리기라도 하면 시상이 떠오르지 않을까봐 그러는 것이지요.

시인은 개다리소반을 펴고 앉아있습니다. 줄담배를 피워대며 시인은 눈썹을 모으고 시를 쓰느라고 정신이 없습니다. 쓰고 찢어버리고 구겨진 원고뭉치가 방구석에 쌓여갑니다. 재떨이에 담배꽁초도 수북이 쌓여갑니다. 드디어 만년필을 놓았습니다. 완성입니다. 시를 다 쓰고 벽시계를 올려다보니 자정이 넘었습니다.

'어디를 간 거지?'

잠을 자려던 시인은 그때서야 식구들이 없는 걸 알았습니다.

'이 추운 밤 아기를 업고 어디로 갔을까?'

시인은 밖으로 나왔습니다.

온 세상이 하얀 눈으로 덮여있습니다. 골목을 이리저리 찾아보아도 아내와 아기가 보이질 않습니다. 저 멀리 가로등 불빛 아래 눈사람만 서 있습니다.

'이 밤에 누가 눈사람을 만들어 놓았을까?'

아무리 생각해도 아내가 아이를 데리고 갈만한 곳이 생각나질 않습니다.

혹시나 싶어 눈사람이 서 있는 곳으로 달려왔습니다.

"여보!"

아내가 아기를 업은 채 눈사람이 되어 돌아보았습니다.

"눈 오는데 집에 있지 않고……."

"꽃눈 밟는 소리가 좋아 걷다보니 ……."

"원 사람도……."

시인은 아내의 언 손을 힘주어 잡고 집으로 돌아옵니다.

창호지 문틈으로 아침 햇살이 비집고 들어옵니다.

시인의 아내가 눈을 떴습니다. 엄마 젖무덤에 손을 넣고 쌔근거리며 자던 아가도 눈을 반짝 떴습니다. 엄마가 아가를 보고 웃어줍니다. 아가도 엄마를 보고 방긋 웃어줍니다. 아빠는 해님이 방안으로 찾아온 줄도 모르고 쿨쿨 깊은 잠에 골아 떨어졌습니다.

개다리소반 위에는 어젯밤에 쓴 원고가 그대로 놓여있습니다.

질 화롯가 청국장 구수한 냄새
뚝배기 넘치도록 끓여 맛보며
기다리는 아내로 그리 살고파

'이 양반이 내 이야기를 쓰셨네.'

시인의 아내가 마지막 연을 읽곤 살며시 미소를 짓습니다.

아내는 아가에게 검지를 입에 대고 "쉿!" 합니다.

아가도 엄마를 따라 "쉬잇" 합니다. 아가를 포대기에 업고 살며시 방을 나옵니다. 곤히 자는 남편이 아가가 칭얼대기라도 해서 깨면 안 되니까요.

떠오르는 햇살에 눈이 부셨습니다.

시인의 아내는 눈 쌓인 골목길을 걸어 나왔습니다. 온 세상이 하얀 눈나라로 변해 있었습니다. 나뭇가지마다 눈꽃송이가 피어났습니다. 졸가리 마다 흰 꽃이 피어나 가지들을 덮어주었습니다. 밤사이 나무들이 추울까봐 따뜻한 솜옷을 입혀준 것 같았습니다.

아무도 밟지 않은 눈 위를 시인의 아내는 아가를 업고 걸었습니다.

뽀드득 뽀드득, 눈 밟는 소리가 발걸음을 옮길 때마다 들렸습니다.

뒤돌아보니 발자국 두 개가 나란히 따라오고 있었습니다.

참새 떼가 조잘거리는 소리가 들립니다.

시인이 일어나 하품을 하며 기지개를 켭니다.

아내가 보이질 않습니다.

'아침부터 이 사람이 또 어딜 갔을까?'

시인도 밖으로 나옵니다.

아내의 발자국이 나란히 두 줄로 나 있습니다.

시인은 아내의 발자국에 맞추어 왼발 오른발을 밟으며 걸어갑니다.

마치 어린아이들이 뜀뛰기 놀이를 하듯 발자국을 찾아 밟으며 걸었습니다.

골목길까지 나와 보니 마치 한 사람이 걸은 발자국 같았습니다.

'어? 발자국이 안 보이네!'

여태껏 아내의 발자국을 따라왔는데 발자국이 보이지 않습니다.

발자국을 찾아 두리번거리던 시인은 반찬가게 안에 서있는 아내의 뒷모습을 보았습니다.

시인은 얼른 왔던 길을 되돌아옵니다.

뒤돌아서서 왔던 발자국을 밟고 집으로 다시 돌아옵니다.

집에까지 와 돌아보니 발자국은 여전히 하나였습니다.

시인은 얼른 방으로 들어와 따뜻한 이불 속으로 들어갑니다.

그리고 아무것도 모르는 체 눈을 감고 장난으로 코를 곱니다.

“드르르렁 드르르렁 …….”

잠시 후 부엌에서는 아내와 아가가 도란도란 나누는 이야기 소리가 들립니다.

사그락 사그락 쌀독을 조심스럽게 긁어대는 박바가지 소리도 조그맣게 들립니다. 맛있는 새 밥 냄새와 함께 된장찌개 끓는 냄새가 방안까지 들어옵니다.

“아빠, 맘마 드세요.”

시인의 아내가 아가에게 대신 시킵니다.

“아빠… 맘마… 마암마.”

아가는 엄마를 따라 합니다.

뚝배기 안에선 여전히 된장찌개가 보글보글 끓고 있습니다.

“당신 된장찌개 솜씨는 언제 먹어도 일품이야!”

시인이 된장을 뜨거운 밥 위에 떠 넣어 비비며 말합니다.

"당신 시가 최고지요."

아내가 생글거리며 의미 있는 미소를 짓습니다.

"밖에 눈이 참 푸지게도 내렸어요."

"그런가?"

시인은 짐짓 딴청을 합니다.

(≪열린아동문학≫ 2014년 겨울호)

제2부

별을 따라간 여행

아기 예수가 베들레헴에 태어나실 무렵, 아기 예수의 탄생을 알리는 별이 동방의 지혜로운 세 왕뿐 아니라 멀리 있는 러시아의 작은 왕에게도 나타났어요.

그는 고운 심성과 어린애 같은 착한 마음씨를 가진 왕으로 인정이 많고 사람들과 어울리기를 좋아했으며 친절하고 유머와 위트가 있는 그런 인물이었어요.

러시아에는 오래전부터 전해 오는 이야기가 있었어요. '언젠가 별이 나타나 온 세상을 다스릴 왕의 탄생을 알릴 것이다. 그러면 러시아의 왕은 길을 떠나 그 왕을 찾아가, 신하로서 경배할 것이다.' 러시아의 작은 왕도 잘 알고 있는 이야기였어요.

러시아의 작은 왕은 이 세상 가장 중대한 사건을 알리는 별이 때마침 자신이 나라를 다스리는 시기에 하늘에 나타난 것을 무척 기뻐하며 즉시 길을 떠나기로 했어요.

작은 왕은 많은 수행원을 데려가지 않을 생각이었어요. 그것은 작은 왕에게 어울리지 않았어요. 또한, 위대한 왕이 어디서 태어날 것이며 얼마나 멀리 가야 할지 전혀 알지 못했기 때문에 단신으로 찾아 나설 생각이었지요. 그래서 사랑하는 말에게만 안장을 얹게 하였어요. 그 말은 러시아의 작고 강인한 토종말이었어요. 까다롭지 않고 끈기가 있어 긴 여행에 안성맞춤이었어요.

"아 참!"

작은 왕은 생각했어요.

"그냥 높은 왕도 아니고 최고의 높은 왕을 경배하러 가는데 빈손으로 갈 수는 없지."

작은 왕은 안장의 자루에 무엇을 넣어 갈 것인지 곰곰이 생각했어요. 그 예물은 무엇보다도 세상에 오시는 위대한 왕께 어울리는 예물이어야 한다고 생각했어요. 그래서 안장 자루에 청옥, 홍옥, 진주를 넣었어요.

아직 새들도 깨기 전 머나먼 순례길을 떠났어요. 하루도 빠짐없이 꾸준히 달렸어요. 아침 해 뜨기 전에 길을 떠나 저녁 늦게까지 광야 길을 달렸어요. 열흘째 되던 저녁에 무너져가는 바빌론 성 밖에 닿았어요. 말도 지치고 그도 피곤해 한시바삐 성내에 들어가 말과 함께 쉬고 싶었지요. 그러나 그날 약속한 일행을 만나기로 한 회당까지 가려면 세 시간은 더 달려야 했어요.

얼마쯤 가다 보니 음침한 섬 모양의 대추야자 농원인 넓은 들이 나타났어요.

바람 한 점 없고 새소리 하나 없는 고요한 곳이라 불안한 생각까지 들었어요. 말도 조심스레 걸어가다가 야자수 밑에 거무스름한 것을 보고 발을 멈추었어요.

흐린 달빛에 비친 것은 남루한 옷을 걸친 히브리인 포로였어요. 그는 습지 열병에 걸려 죽어가고 있었어요. 생명을 살리기에는 이미 늦었다고 생각하며 발걸음을 돌리려는데 그 사람은 힘없는 손으로 작은 왕의 옷깃을 잡고 마지막 숨을 쉬고 있는 것 같았어요.

작은 왕은 가슴이 두근거리기 시작했어요. 이 사람을 돕다가 시간이 지체되면 약속한 일행은 자기가 순례를 단념한 줄 알고 가버릴 것이요. 그리되면 자기 혼자 뒤떨어져 순례의 목적을 이루지 못할지도 모르기 때문에 몹시 당황했어요.

“당신만이 아는 지혜의 길, 거룩한 길로 저를 인도하소서.”

작은 왕은 이렇게 기도를 드리고 그를 들어 야자수 밑에 옮겨 누이고 시내에 가서 물을 떠다가 얼굴을 씻기고 입을 축여 준 후 가졌던 약을 물에 타서 창백한 입술 사이로 흘리었어요.

"당신은 누군데 나를 찾아 살려주었소?"

"나는 러시아의 작은 왕인데 유대인의 왕으로 나신 분을 찾아 예루살렘으로 가는 길이오. 동행하기로 약속한 박사들이 벌써 떠날지도 모르니 나는 더 이상 지체할 수 없소. 내가 가진 떡과 약 일부를 당신에게 주고 가니 이것으로 힘을 얻거든 바벨론 성에 들어가 거기 사는 히브리인에게 도움을 얻으시오."

"아브라함, 이삭, 야곱의 하느님이시여, 이 긍휼을 베푼 이를 축복하사 목적지까지 편안히 이르게 하옵소서."

히브리인 포로는 떨리는 손을 들고 기도를 드린 후 말했어요.

"나에게 은혜 갚을 길은 없으나 한 가지 알려드릴 것은 당신이 찾아가는 메시아는 예루살렘에서 나실 것이 아니라 유대 베들레헴에서 나실 것을 우리 선지자들이 예언했습니다."

그러는 사이 벌써 자정이 지났어요. 말에 오른 작은 왕은 몹시 초조했어요. 말도 주인의 뜻을 아는지 비호처럼 달려 약속된 회당에 닿았으나 기다리는 사람은 아무도 없었어요.

'우리는 자정이 지나기까지 기다리다가 왕을 찾으러 먼저 떠나

니 뒤따라 오시오.'

파피루스 한 조각이 보일 뿐이었어요.

희망을 잃은 작은 왕은 땅에 주저앉아 두 손으로 얼굴을 감쌌어요.

'기진한 말과 먹을 것도 없이 어떻게 혼자 광활한 광야를 건널까. 바벨론으로 돌아가 청옥을 팔아 여행 준비를 해야 할 것이다. 먼저 간 친구들을 따라잡을 것 같지 않으니 내가 왕을 찾을 수 있을지 없을지는 자비하신 신만이 아실 일이다.'

그의 사랑하는 말과 헤어진 작은 왕은 약대를 타고 찌는 듯한 더위와 찬바람을 맞으며 광야의 높고 낮은 산들을 넘고 깊고 얕은 물을 건너 여러 날 만에 베들레헴에 도착하였어요. 그러나 그때는 먼저 온 세 박사가 마리아와 요셉을 만나고 아기 예수께 황금, 유황, 몰약을 드리고 떠난 지 사흘이나 지난 후였어요.

"비록 그들보다 늦었지만, 틀림없이 왕을 찾아뵐 것이다. 여기가 그 히브리인 포로가 말한 대로 선지자들이 예언한 곳이리라. 여기서 '큰 빛'을 찾을 것이다. 그러나 내 형제들이 어디서 새 왕을 찾았으며 그들이 왕께 예물을 드리고 어디로 갔는지 알아봐야 할 것이다."

작은 왕은 먼길에 지쳤으나 커다란 희망을 품고 홍옥과 진주를 왕께 드리려고 했어요.

베들레헴 동네에는 사람들이 별로 없었어요. 이리저리 다니다 보니 어떤 초막집에 문이 열렸고 그 안에서 자장가 소리가 들렸어요. 낮은 문으로 들어서니 젊은 어머니가 아기를 재우며 사흘 전에 동방에서 이상한 사람들 셋이 별을 따라와 나사렛에서 왔다는 요셉과 그 아내와 새로 난 아기에게 값진 예물을 드렸다는 이야기를 했어요.

"그런데 그들이 갑자기 나타났다가 없어져 우리는 그들이 어디로 갔는지 궁금합니다. 더구나 그 나사렛 사람도 아내와 아기를 데리고 야반도주를 했는데 애급으로 갔으리라는 소문이 돕니다. 그 후부터 이 동네에는 무슨 불길한 일이 닥칠 것 같은 음울한 기운이 떠돌고 있습니다. 우리에게 새 세금을 메기기 위해 예루살렘에서 로마 군인들이 내려온다는 소문이 돌아 사람들이 다 양 떼를 몰고 산속으로 피신을 했습니다."

작은 왕이 그 여인의 진실한 이야기를 귀담아듣고 있을 때 그녀의 품에 안긴 아기는 길손을 보고 웃으며 손을 내밀었어요. 작은 왕은 희미한 빛을 찾아 외로운 먼길을 걸어온 자기를 사랑과 신뢰로 맞아주는 것 같아 기뻤어요.

"이 아이가 그 약속된 왕은 아닐까?"

생각하며 아기의 보드라운 뺨을 만졌어요.

"내가 찾는 왕을 이렇게 쉽게 찾음은 하느님 뜻이 아니다. 내가 찾는 왕은 나보다 먼저 가셨으니 이제 나는 그를 찾아 애급으로 가야겠다."

그 젊은 어머니는 아기를 요람에 넣고 작은 왕을 위해 정성껏 음식을 준비했어요. 작은 왕이 감사히 그 음식을 먹는 동안 아기는 요람에서 잠이 들었어요. 평화로운 기운이 방안 가득히 돌았어요.

"헤롯의 군인들이 우리 아기를 칼로 죽인다!"

그때 갑자기 밖에서 아우성이 나며 여인들의 곡성이 서럽게 들려왔어요.

놀란 젊은 어머니는 얼굴이 파랗게 질려 잠든 아기를 품에 안고 방 한 모퉁이에 쭈그리고 앉아 아기가 깰까 봐 이불로 덮었어요.

작은 왕은 얼른 일어나 자기 몸으로 문을 막아섰어요.

군인들은 피 묻은 검을 들고 집집이 들어가 아기들을 찾는 대로 모두 찔러 죽였어요. 군인들은 색다른 옷을 입은 작은 왕이 문에 선 것을 보고 멈칫했어요.

"어서 비키시오!"

뒤따라오던 대장이 소리쳤어요.

"이 집에는 나 혼자뿐이요. 나를 괴롭히지 않는 현명한 대장에게

이 홍옥을 드리려고 기다리고 있소."

홍옥을 본 대장은 깜짝 놀랐어요.

"가자! 이 집에는 아이가 없다."

대장은 홍옥을 받아들고 군인들을 데리고 가버렸어요.

"하느님, 제 죄를 용서해 주십시오. 한 아이의 목숨을 구하고자 거짓말을 했습니다. 왕께 드리려고 했던 두 가지 예물이 없어졌습니다. 하느님께 드리려던 것을 사람을 위해 썼습니다. 제가 왕의 얼굴을 뵐 자격이 있겠습니까?"

작은 왕은 집안으로 들어서며 기도했어요.

"당신이 내 어린아이의 목숨을 구해주셨으니 하느님께서 당신에게 복을 내리시며 당신을 지켜주시고 은혜를 베푸시며 화평을 주시기를 바랍니다."

꼭 죽었을 뻔한 아이를 품에 안은 젊은 엄마는 기쁨의 눈물을 보이며 말했어요.

작은 왕은 애급 군중 속에서 헤매며 베들레헴에서 내려온 가족을 찾아보았으나 찾을 수가 없었어요.

작은 왕은 유대인들이 많이 사는 마을에서 작은 초막에 있는 고명한 랍비를 찾아 소원을 말하였어요. 랍비는 이스라엘 선지서에서, 사람들에게 업신여김을 받고 버림을 당하는 슬픈 사람 수난의 메시아 예언을 읽어주었어요.

그리고 "확실한 것은 가난하고 자신을 겸손하게 낮추며 고통받고 압박받는 이들 가운데서 그를 찾아야 한다"고 말했어요.

그리하여 작은 왕은 분산된 유대인들이 사는 곳마다 두루 다니며 그 베들레헴 가족이 혹 거기 피난하고 있지 않나 찾아봤어요. 흉년에 기근이 심한 지방에도 가보고 질병으로 고통 받는 참혹한 곳에도 가보았어요. 지하 감옥에서 햇빛을 못 보는 죄수들, 노예 시장에서 짐승같이 몰리우는 남녀들, 갤리선에 매여 벗어날 길 없는 노예들을 보고 탄식하며 눈물을 흘리었지요. 이 고난과 부정 속에서 경배할 이는 찾을 수 없었으나 도와야 할 자들은 많았어요. 그가 주린 자를 먹이고 벗은 자를 입히고 병든 자를 고쳐주고 사로잡힌 자를 위로해 주는 동안 고향을 떠난 지 33년, 이제 백발이 되었으나 작은 왕은 아직도 왕을 찾아 그에게 경배하려는 순례자였어요. 그는 마지막으로 죽기 전 예루살렘에서 그 왕을 찾아보고 싶어졌어요.

때는 유월절이었어요. 온 천하에 흩어져 사는 유대인 순례자들이 예루살렘으로 모여들었어요. 그리하여 성내 좁은 길에는 유대인들로 성시를 이루었어요. 영문도 모르는 작은 왕은 이 무리 틈에 섞여 당신들은 어디로 가느냐고 물었어요.

"우리는 성 밖 골고다라는 곳으로 가는데 거기서 십자가형이 집행될 것이다. 두 유명한 강도와 함께. 기사 이적을 많이 행해 백성들의 사랑과 존경을 받던 나사렛 예수를 십자가에 못 박을 것이다. 그가 하느님의 아들이라 했다 해서 서기관과 장로들이 그를 죽이라고 고소했고, 로마 총독 빌라도도 '유대인의 왕이로라' 했다 해서 십자가에 못 받으라 했다."

그 말이 피로한 작은 왕의 마음에 깊은 인상을 주었어요.

"그가 곧 자기가 33년 동안 찾아 헤매면서도 만나지 못한 그분이 아닐까? 그가 33년 전에 그 이상한 별을 보여주었고 옛 선지자들이 예언했던 베들레헴에서 나신 그분이 아닐까. 이제 그는 사람들에게 버림을 받아 십자가에 못 박히시는 것일까? 하느님이 하시는 일은 이상하게도 사람과 다르니 내가 찾던 왕을 결국 그 원수들의 손에서 찾을지도 모른다. 그가 형을 당하기 전에 내게 있는 진주로 그를 속량할 수 있을지 누가 알랴!"

작은 왕은 무리 틈에서 무거운 발걸음을 옮기고 있었어요.

그때 마침 마케도니아 군인들이 옷이 찢어지고 머리가 헝클어진 한 소녀를 죽은 개 끌듯 끌고 나왔어요.

작은 왕은 그 불쌍한 광경을 보고 발을 멈추었어요.

"저를 불쌍히 여겨주세요. 하느님 이름으로 저를 구해주세요. 제 아버지 빚 때문에 종으로 팔려가는 것입니다. 죽음보다 무서운 종의 신세에서 저를 구해주세요."

소녀가 군인들을 뿌리치고 작은 왕에게 달려와 다리를 붙들고 늘어졌어요. 그는 품속에서 진주를 꺼냈어요.

"왕께 드리려고 가지고 있던 마지막 보물이다. 이것으로 네 몸을 속량하라."

그 소녀의 손바닥에 진주를 놓아줄 때 하늘이 갑자기 어두워지고 땅은 굉장한 슬픔이 북받치는 가슴처럼 떨리기 시작하였어요.

집의 담들이 이리저리 갈라지고 돌담들이 흔들려 무너지고 황진이 만장해 하늘을 덮었어요. 혼비백산한 군인들이 허둥지둥 달아났어요.

작은 왕과 그 소녀도 오도 가도 못하고 빌라도 법정 담 밑에 쭈그리고 앉았어요. 왕께 드리려던 마지막 보물을 내주었고 왕을 찾으려던 희망도 버렸지요. 그의 33년 긴 순례는 이렇게 끝났어요. 그러나 그의 마음은 평안했어요. 그는 왕을 찾으려고 날마다 최선을 다했기 때문이지요.

대지가 한번 진동하자, 집들이 흔들리며 지붕의 큰 기왓장이 작은 왕의 머리에 떨어졌어요. 상처에서 피가 흐르는 흰머리를 소녀의 어깨에 의지한 채 혼수상태에 빠졌어요. 소녀는 상처의 피를 씻어준 후 그 머리를 자기 무릎에 쉬게 하고 그의 평화스런 얼굴을 주시하고 있었어요. 주위에는 아무도 없는데 어디서 무슨 소리가 들려왔어요. 그 말을 알아들을 수 없었어요. 그때 작은 왕이 입술을 움직이며 무슨 대답을 하는 것 같았어요.

"아닙니다, 주님! 제가 언제 주님이 주리신 것을 뵙고, 잡수실 것을 드렸으며, 목마르신 것을 뵙고 마실 것을 드렸으며, 나그네 되신 것을 뵙고 접대해 드렸으며 언제 주님이 병 드셨거나 옥에 갇히신 것을 제가 찾아뵈었습니까. 제가 33년 동안 주님을 찾아 이리저리 헤맸으나 주님의 얼굴을 한 번도 못 뵈었사온데 왕께 시중든 때가 언제 있었습니까?"

그가 말을 마치자 어디서 성스러운 목소리가 들려왔어요.

"내가 네게 분명히 말한다. 여기 있는 내 형제 중에 가장 보잘것없는 사람에게 해준 것이 곧 내게 해준 것이다."

그 말씀을 들은 작은 왕의 얼굴은 마치 떠오르는 아침 햇빛이 눈덮인 산꼭대기에 비친 것과 같이 영광스럽고 즐거운 빛이었어요.

(*≪창조문예≫ 2020년 12월호 성탄 특집 동화)

---

*이 작품은 Henry van Dyke(1852-1933) 목사의 「제4박사 THE OTHER WISE MAN」를 참고로 다시 썼음을 밝힙니다.

문

삼열이는 깊은 기도 중에 천국에 도착했습니다.

문 앞에는 거인 천사가 문을 지키고 있었습니다.

"내가 에덴교회 나삼열 목사요."

삼열이는 목에다 힘을 주며 말했습니다.

"……?"

"나삼열 목사라니까요. 어서 문이나 여시오."

삼열이는 좀 더 큰 소리로 말했습니다.

"난 그런 사람 모르오."

문지기는 빙글거리며 문을 안 열어줍니다.

"내가 그 유명한 에덴교회 목사라니까!"

"……."

마음속으론 기분이 안 좋았지만 애써 화를 누르고,

"천사 양반, 우리 아버지도 목사님인데 문 좀 열어주시죠?"

겸손하게 말했습니다.

"그래도 마찬가지입니다."

"천사 양반, 우리 아들도 목사라오. 그럼 들여보내 주시겠지요?"

"천만의 말씀!"

"아버지도 목사고 나도 목사고 아들도 목사인데 그래도 안 됩니까?"

"그렇소."

문지기는 고개를 끄덕였습니다

"이봐요! 천사 양반 목사가 천국 못 가면 누가 갑니까?"

삼열이는 화를 버럭 내며 문지기에게 대들었습니다. 그래도 천사는 여전히 빙글거리며 꿈쩍 않고 서 있습니다.

"뭐 이런 말도 안 되는 경우가 있어? 목사가 천국에 못 오면 올 사람 아무도 없겠네."

삼열이는 할 수 없이 발길을 돌렸습니다. 생각할수록 화도 나고 문지기가 미웠습니다.

'이놈을 그냥 …….'

그러다 분한 마음을 억누르며 다시 기도원으로 돌아왔습니다. 나목사는 아무리 생각해도 천국 문 앞에까지 갔다가 문지기에게 수모만 당하고 돌아온 것이 속이 상했습니다.

삼열이는 차가운 기도원 마룻바닥에 앉아 하느님께 따지듯이 물었습니다.

"하느님! 저는 하느님 나라를 위해 열심히 일했습니다. 그동안 배도 많이 고팠고 고생도 참 많이 했습니다. 때로는 참기 힘든 수모도 당했습니다. 그러면서도 교인이 많이 모였다 싶으면 다른 이에게 넘겨주고 다시 교회를 세웠습니다. 난들 교인들 떼어주면서 좋기만 했겠습니까? 하느님이 원하시는 일이기에 그렇게 했습니다. 그런데 천국 문에도 못 들어가는 게 말이나 됩니까?"

삼열이는 눈물을 뚝뚝 흘리며 시간이 가는 줄도 모르고 기도했습니다.

"이 세상은 수고와 슬픔뿐이지만, 천국은 영원히 행복하기만 한 곳이라 해서 그곳에 가는 것이 내 삶의 목적이었는데 문에도 못 들어가고 쫓겨나다니……. 내가 잘못한 일이 무엇이길래……."

삼열이는 분하고 억울해서 견딜 수가 없습니다.

"삼열아! 네가 지금 잘못한 일이 없다 하였느냐? 자, 지금부터 너에 대한 기록을 보도록 하여라."

하느님의 음성이 들렸습니다. 그러더니 커다란 영화 필름이 돌아가기 시작했습니다.

"호랑이가 잡아먹으면 어쩌려고? 문둥이가 잡아가면 어쩌려고."

소년 삼열이가 서낭당 고개를 넘으며 중얼거립니다.

서산을 빠알갛게 물들였던 해님이 어느새 꼴딱 넘어갔습니다.

금세 날이 어두워졌습니다.

푸드덕, 프드드덕!

삼열이 발소리에 놀란 산새가 날아갑니다.

"아이쿠, 깜짝이야."

날아가는 새소리에 삼열이도 놀라 달리기 시작합니다.

어깨에 멘 책 보따리 필통 속에서 몽당연필이 달그락거립니다.

삼열이는 제 방귀에 놀란 토끼처럼 점점 더 빨리 달립니다.

금방이라도 호랑이가 커다란 입을 벌리고 어흥 하고 달려들 것만 같습니다.

보리밭에서 문둥이가 나와 끌고 갈 것만 같습니다.

'동무들 엄마 아빠는 다 마중 나오는데……. 나만 안 데리러 오고…….'

입이 뿌루뚱 나온 삼열이가 사립문 안으로 들어옵니다. 엄마가 아궁이에 불을 때고 있습니다. 굴뚝에선 하얀 연기가 모락모락 피어오릅니다.

"나만 마중 안 나왔단 말이야! 호랑이가 물어가도 좋아? 문둥이가 잡아가도 좋으냐구?"

"……."

엄마가 미안한 표정을 지어도 삼열이는 여전히 툴툴거립니다.

"삼열이, 너 이리 좀 와 봐라."

안방에서 아버지 목소리가 들립니다.

"……예."

갑자기 삼열이 목소리에 힘이 쏙 빠졌습니다.

"니 지금 어무이한테 뭐라캤노?"

"……."

"마중 나간다고 호랑이가 잡아먹을 걸 안 잡아묵나? 문둥이가 잡아갈 걸 안 잡아가나? 니는 하느님이 지켜주신다. 알았나?"

"예……."

냇물이 흘러갑니다. 봄이 왔습니다. 장면이 바뀌었습니다.

책 보따리를 멘 삼열이가 신작로를 걸어갑니다. 맞은편에서 소달구지가 옵니다. 검정 고무신을 신은 삼열이 아버지가 소고삐를 잡고 앞서옵니다. 빨간 꽃무늬 월남치마에 파란 슬리퍼를 신은 엄마가 뒤따라옵니다.

"너 지금 오나? 마침 잘 만났다."

아버지가 먼저 아는 체를 하십니다.

"이사 간다고 해서요."

삼열이는 기어드는 목소리로 대꾸합니다.

삼열이도 소달구지를 따라갑니다. 소달구지 위에는 이불 보따리, 무쇠솥단지, 찬장, 장 항아리 등이 실려 있습니다.

"내는 이 다음에 목사 안할끼다. 울아버지처럼 가난한 목사는 진짜 안 할끼다."

삼열이는 돌멩이를 발로 차며 혼자서 툴툴거립니다.

친구를 사귈 만하면 삼열이네는 이사를 했습니다.

"다른 사람들이 가고 싶어 하는 데는 누구나 갈 수 있는 곳 아이가, 남들이 안 가려는데 가서 복음을 전해야 하느님이 기뻐하신다."

삼열이 아버지는 그렇게 작은 두메산골이나 섬마을 작은 교회만 찾아다녔습니다.

여름이 왔습니다. 들도 산도 모두 푸르릅니다. 또다시 장면이 바뀌었습니다.

삼열이도 어느덧 청년이 되었습니다.

공수부대 씩씩한 병사가 되었습니다.

군복 바지를 정성껏 다려놓고 첫 휴가를 손꼽아 기다립니다.

“이 바지 어때? 이번 휴가 갈 때 입으려구.”

내무반 친구에게 다려놓은 바지 자랑을 합니다.

“와! 바지 주름 칼날이네.”

드디어 기다리던 휴가 날이 되었습니다.

단짝 친구 수만이가 빨간 스포츠카를 몰고 마중을 나왔습니다.

“어이! 삼열아!”

“야, 수만아 오랜만이다.”

“고생 많았지? 너 태워 가려구 차 가지고 왔어.”

“고마워. 네 덕에 호강하게 생겼네.”

“친구 사이에 고맙긴.”

“와! 기분 째진다!”

쿵작쿵작 쿵짜작 쿵!

신나는 음악을 크게 틀어놓고 집을 향해 달립니다. 차도 덩달아 흔들흔들 춤을 춥니다. 푸르다 못해 검푸른 나무들이 휙휙 지나갑니다. 꼬불꼬불 산길을 요리조리 잘도 달립니다. 멋진 모습을 부모님께 보여드릴 생각에 신이 납니다. 이제 조금만 더 가면, 엄마

얼굴을 볼 수 있습니다.

"어! 어! 어!"

달리던 차가 눈 깜짝할 사이에 산비탈을 굴렀습니다. 차가 뒤집혀 구르다 커다란 소나무 가지에 대롱대롱 매달렸습니다.

"아이쿠, 하느님 살려주세요. 한 번만 살려 주시면 하느님이 원하시는 대로 다 하겠습니다."

삼열이는 물방개처럼 뒤집힌 차 안에서 하느님께 기도를 드렸습니다. 자기 잘못으로 벌을 받는 것이라는 생각이 들었습니다. 아차 하면 그냥 까마득한 낭떠러지로 떨어져 죽을 판이니 정말 아찔했습니다.

지난 일들이 가로수 지나듯이 자꾸자꾸 지나갔습니다.

가을하늘은 구름 한 점 없이 파랗습니다. 나무들은 빨강 노랑 옷을 갈아입었습니다. 삼열이가 전도사가 되어 노방 전도하는 모습이 보였습니다.

"선생님, 예수 믿고 구원받으세요."

삼열이 얼굴에 미소가 가득합니다.

"예수를 믿으라구? 내 주먹을 믿는다."

청년의 말에 삼열이 낯빛이 조금 굳어집니다. 그래도 애써 태연

한 척 겸손한 자세로 말합니다.

"우리 인간은 모두 죄인입니다. 우리 죄를 대신 지고 십자가에 달려 돌아가신 예수를 믿어야만 천국에 갈 수 있습니다. 천국은 고통과 슬픔이 없고 영원히 행복하기만 한 곳입니다. 천국은 맛있는 온갖 과일을 먹어도 먹어도 떨어지지 않는 곳입니다. 천국은 친구들과 맛있는 포도주를 마시며 언제나 파티를 할 수 있는 그런 곳입니다."

"그 좋은 천국, 당신이나 가라고! "

삼열이 얼굴이 좀 더 굳어졌습니다.

"선생님, 일단 한 번만 나와 보세요. 예수님 안 믿어도 될 사람은 아무도 없습니다. 신 앞에 서면 우리는 모두 죄인입니다. 목욕탕에 가서 옷 벗으면 다 똑같은 것처럼……."

"참, 이 사람 되게 끈질기네. 난 내 주먹을 믿는다고 했잖아."

"뭐, 주먹을 믿는다고? 그래 그 주먹 잘 믿어라!"

순간 삼열이 얼굴이 일그러지더니 청년의 얼굴로 주먹이 날아갔습니다.

"아이쿠!"

느닷없이 날아오는 주먹을 피하지 못한 청년은 얼굴을 감싸 쥔 채 도망을 쳤습니다. 뒷모습을 지켜보던 삼열이는 순간 아차 싶었습니다.

'내가 지금 무슨 짓을 한 거지? 전도하러 나왔다가 사람을 친 거잖아?'

삼열이는 그 청년에게 얼른 사과하고 용서를 빌어야 한다고 생각했습니다.

"이봐요! 잠깐만요."

삼열이는 청년을 따라 뛰었습니다. 청년은 더 빨리 달아났습니다. 삼열이는 죽을힘을 다해 쫓아가는데 그 청년은 또 자기를 더 때리려고 쫓아오는 줄 알고 더 빨리 도망가 버렸습니다.

삼열이가 주인공이 된 영화는 쉬지 않고 돌아갔습니다.

어느 틈에 누가 찍어 놓았는지 한 일뿐만 아니라 마음속으로 지은 죄까지 모두 기록되어있었습니다. 어렸을 때 아버지 주머니에서 몰래 돈 꺼내다 군것질 한 일, 엄마한테 미술 준비물 산다고 거짓말하고 돈 타서 만화 빌려 본 일, 동무가 아버지를 번쩍번쩍 대머리 목사라고 해서 치고받고 싸운 일 등등, 자신도 까맣게 잊고 있던 일들이 계속해서 보였습니다.

자신의 일대기를 본 삼열이는 점점 부끄러워 쥐구멍에라도 들어가고 싶어집니다. 삼열이는 이제 회개 기도를 하기 시작했습니다.

"아이구, 하느님, 저 같은 죄인은 지옥이 딱 맞네요."

그래서 이번에는 삼열이 스스로 지옥 가는 길을 걷고 있습니다.

삼열이 발걸음은 지옥문이 가까워질수록 점점 더 무거워집니다. 터덜터덜 걸어 지옥문에 다다랐습니다. 그런데 거기에는 문지기도 보이지 않았습니다. 빼꼼히 열린 문틈으로 들여다보았습니다. 듣던 대로 그 안에는 불길이 활활 타오르고 있었습니다. 뜨거운 김이 무럭무럭 올라오고 있었습니다.

삼열이는 자신이 올 곳이 마땅히 지옥이라고 제 발로 걸어왔지만, 지옥 안의 광경을 보니 겁이 더럭 났습니다. 이곳은 아무리 고통스러워도 빠져나올 수도 없고, 죽고 싶어도 죽을 수도 없는 곳, 영원히 벌을 받는 곳이라고 했습니다.

"예수님! 어찌합니까?"

삼열이는 울먹이며 자신도 모르는 사이 무릎을 꿇으며 예수님을 불렀습니다.

"오냐, 사랑하는 아들아!"

예수님 손이 울고 있는 삼열이 어깨 위에 놓였습니다. 그리고 다정한 음성으로 부르셨습니다.

"사랑하는 아들 삼열아, 염려 마라. 어찌하다니, 뭘 어찌한단 말이냐? 내가 널 천국으로 인도할 것이다."

예수님은 두리번거리는 삼열이 손을 잡고 천국 문안으로 거침없이 들어갔습니다. 삼열이는 어느새 어린아이가 되어있었습니다.

(『참된교회 20년사 1987~2007』)

종 이야기

초성리는 삼팔선과 가까운 산골 마을입니다.

하나이던 나라가 갑자기 남쪽 나라와 북쪽 나라로 나뉘면서 북쪽에 식구들이 남은 사람들은 삼팔선 밑에 집이랍시고 대충 꾸미고 살았습니다.

삼팔선이 뚫리면 한 걸음이라도 빨리 가족들을 만나고 싶었기 때문입니다. 그렇게 하나둘 생긴 집이 모여 한 마을을 이루었습니다.

같은 처지인 사람들은 모두 정답게 지냈습니다.

아주 자그마한 예배당도 생겼습니다.

예배당에는 이웃 마을 사람들까지 모였습니다.

그런데 예배시간에 맞춰 모이기가 어려웠습니다.

낮 예배는 아침밥 먹고 좀 이따가 모입시다, 그러면 밥 먹는 때가 모두 다르니까 오는 사람도 제각각입니다.

저녁 예배는 저녁 먹고 바로 모입니다, 그래도 제각각입니다. 저녁 먹는 시간도 집집마다 다르니까요.

해가 떠서 질 때까지, 달이 떠서 질 때까지, 해와 달의 기울기를 보며 살고 새벽에도 닭 우는 소리로 대충 시간을 짐작해 살았으니까요.

그때만 해도 시계가 아주 귀한 시절이었답니다.

예배당 식구들이 모이면 머리를 맞대고 궁리를 했습니다.

"같은 시간에 모여 예배를 드리려면 어찌해야 할까요?"

"시계가 필요하지요."

"집집이 어찌 시계를 사요?"

"시계가 있어도 문제입니다. 숫자를 알아야지요."

한날한시에 모일 방법은 쉽게 떠오르질 않았습니다.

사람들은 그저 어림짐작으로 모였다가 헤어지곤 했습니다.

그러던 어느 날 나이 지긋한 윤 장로님이 입을 여셨습니다.

"방법이 전혀 없는 건 아니지……. 서울에 가면 저잣거리에서 종을 판다네. 그걸 사다 걸고 시간 맞춰 치면 그 소리를 듣고 같은 시간에 모일 수 있으련만……."

어르신 말씀에 모두가 귀가 솔깃했지요. 그렇지만 또 서울이 이만저만 먼 거리가 아니었습니다.

사흘은 가야 하고 사흘은 와야 하는 거리인데, 오가는 차도 없었거든요.

거기에다 돈이 귀했던 시절이라 쌀가마니를 지고 가야 했습니다.

돌아올 때는 또 쌀 한 가마니 무게만큼 무거운 종을 지고 와야 하고요.

"어르신, 제가 서울에 다녀오고 싶습니다."

뒤에서 가만히 앉아 있던 만석이 총각이 입을 열었습니다.

"자네 맘은 알겠네만 이만저만 먼 길인가. 거기에다 산세가 험해 산짐승도 위험하다네."

"괜찮습니다. 마을을 위하는 일인데, 조심해 다녀오겠습니다."

동네 어른들은 걱정하면서도 허락하였습니다.

이튿날 새벽 만석이는 쌀가마니를 지고 오봉산 고개를 넘었습니다.

마음이 바빠 발걸음을 재촉했지만, 쌀가마니는 점점 무거워졌습니다.

다행히 날이 어둡기 전에 주막에 당도하여 하루의 피로를 풀었습니다.

꼬박 사흘을 걸어 서울에 도착했습니다.

산골 총각의 처음 나들이라 여기저기 물어 종파는 곳을 찾았습니다.

찾긴 찾았는데 문제가 생겼습니다.

종 값이 생각보다 비싸 쌀 한 가마니로는 어림도 없었습니다.

그렇다고 쌀가마니를 도로 지고 돌아올 수도 없었습니다.

만석이는 그만 두 다리를 뻗고 울고 싶은 심정이었습니다.

'어떻게 하면 종을 사서 돌아갈까…….'

하루 이틀 사흘 …… 시간만 자꾸 흘러갑니다.

하루 이틀 지나면서 마을 어른들도 점점 걱정이 쌓였습니다.

'호랑이에게 물려 간 건 아닐까?'

'도둑을 만나 변이라도 당한 건 아닐까?'

'서울이라는 데가 눈 감으면 코 베어 가는 곳이라는데 무엇이 잘못된 걸까?'

마을 어른들은 걱정이 태산 같지만, 입 밖으로 말을 꺼내는 사람은 아무도 없었습니다.

무사하기만 빌며 기다렸습니다.

그렇게 한 달이 다 가도록 만석이는 소식이 없었습니다.

어른들은 이제 염려가 아니라 후회를 했습니다.

공연히 종을 사러 보내 젊은 사람 하나 잃었다고요.

만석 어미는 밥도 제대로 먹지 못하고 아들을 기다리다가 끝내는 병을 얻어 자리에 눕고 말았습니다.

한편 만석이는 이 궁리 저 궁리 끝에 쌀가마니를 지고 한 주막으로 들어섰습니다.

주인에게 여차여차 사정 이야기를 했지요.

그러고는 자기를 품꾼으로 써달라고 말했지요.

마음씨 좋은 주인은 총각 마음 씀씀이가 기특하여 응낙했습니다.

그날부터 만석이는 우물에 가서 물도 긷고 장작도 패고 마당도 시원시원하게 쓸었습니다.

새벽부터 저녁까지 힘든 일은 물론 집안 허드렛일을 도맡아 했습니다.

주막에서 품꾼 노릇을 한 지 어느새 한 달이 지났습니다.

하루는 일을 마치고 저녁을 먹는데 주인이 만석이를 불렀습니다.

"내 마음 같아선 자네와 같이 살고 싶네만 고향에 계신 어른들이 얼마나 걱정을 하시겠나? 모자라는 종 값은 내 채워 줄 테니 내일이라도 돌아가게."

그날 밤 만석이는 고향 생각에 잠이 오질 않았습니다.

이튿날 이른 새벽 만석이는 주인에게 인사를 하고 길을 나섰습니다.

다행히 상점에는 한 달 전 점찍어 둔 종이 그대로 있었습니다.

만석이는 기쁜 마음으로 종을 지게에 지고 서둘러 고향으로 향했습니다.

구슬땀이 온몸을 적셨지만, 애타게 기다리실 어머님과 고향마을 어르신들을 생각하고 발걸음을 재촉했습니다.

"아이고! 내 새끼!"

만석 어미는 언제 아팠냐는 듯 자리에서 벌떡 일어났습니다.

예배당 식구들은 하느님이 도와주셨다고 감사하고, 마을 사람들은 산신령이 도와주셨다고 입을 모아 고마워했습니다.

다음 날 이른 아침부터 초성리 교회 마당이 떠들썩합니다.

교회를 다니는 사람들이나 다니지 않는 사람이나 모두 몰려왔습니다.

예배당 마당에 종탑을 세우기 위해서지요.

"그 기둥은 여기다 받쳐야 해."

"아닐세, 거기다 세워야 제자리여."

우선 네 귀퉁이를 파고 소나무 기둥을 세웠습니다.

동네 아저씨들은 저마다 한마디씩 하며, 뚝딱뚝딱 종탑을 세웠습니다.

'나무도 설 자리에 서야 한다.'는 윤 장로님 말씀 따라 교회 마당 한 켠에 종탑이 세워졌습니다. 그리고 종탑 위에 종을 달았습니다.

종탑을 세운 다음 날 새벽부터 초성리 마을엔 땡그랑 땡그랑, 맑고 고운 종소리가 울렸습니다.

사람들은 종소리를 듣고 일어나 하루 일을 시작했습니다.

아낙네들은 종소리를 듣고 일어나 아침밥을 지었습니다.

아이들은 종소리를 듣고 일어나 재 너머 학교엘 갔습니다.

농부들은 종소리를 듣고 들로 나갔습니다.

맑고 고운 종소리를 듣고 하루를 시작하는 사람들 가슴마다 맑고 고운 마음이 샘솟았습니다.

교인들은 종소리를 듣고 예배당에 와 기도로 하루를 시작했습니다.

주일날 낮예배 시간에는 종을 두 번 쳤습니다.

윤 장로님이 시계를 보면서 초종과 재종을 쳤습니다.

교인들은 초종소리를 듣고 예배당 갈 준비를 합니다. 재종을 치면 예배시간에 늦을세라 서둘러 대문을 나섭니다.

맑고 고운 종소리는 멀리 십 리 밖 마을까지 은은하게 울려 퍼졌습니다.

서울에서 종을 사 온 만석이는 새벽종을 쳤습니다.

비가 오나 눈이 오나 새벽 네 시면 만석이는 정확하게 종을 쳤습니다.

시계도 없는데 만석이는 어떻게 정확하게 종을 칠 수가 있었을까요?

만석이만 알 수 있는 지혜로운 방법이 있었답니다.

만석이는 어릴 때부터 새벽 기도회에 올 때마다 뒷산에 걸려 있는 샛별을 보았습니다. 그러면서 샛별 되시는 예수님을 생각했지요.

샛별이 예배당 뒷산 등성이에 쇠고삐 한 줄 만큼 걸리면 기도회 시간이라는 것을 오래전부터 알고 있었거든요.

부지런하고 충성스러운 만석이는 종탑 기둥 밑에 엄지손가락만 한 등나무도 심었습니다.

등나무는 기둥을 타고 쑥쑥 올라갔습니다.

꾀꼬리도 어느새 종탑 위에 둥지를 틀고 아름다운 노래를 불렀습니다.

초여름이면 포도송이 같은 보랏빛 꽃을 피웠습니다. 마을 사람들은 등나무 그늘에서 땀을 식히며 꽃향기를 맡았습니다. 밥도 함께 먹으며 도란도란 이야기를 나누었습니다.

어느 해 여름이었습니다.

마른하늘에서 다다다다! 우르릉 쾅쾅! 천둥 번개가 칩니다.

그 천둥소리는 다름 아닌 전쟁이 터진 거였습니다.

해방되었다고 그 점잖으신 윤 장로님이 예배당 마당에서 덩실덩실 춤을 추신 지 몇 해도 안 되어서 말입니다.

마을 사람들은 어찌할 바를 몰랐습니다.

북에서 밀고 내려오다가 남에서 밀고 올라가고, 남에서 밀고 올라가다가 북에서 밀고 내려오기를 반복했습니다.

밀고 밀리는 틈바구니에서 마을 사람들은 오도 가도 못 하고 태극기와 인공기를 눈치껏 바꿔 들고 만세를 불러야 했습니다.

젊은이들은 모두 군대에 갔습니다. 국군으로도 가고 인민군으로도 갈 수밖에 없었습니다.

만석이도 어느 날 국군에 갔습니다.

그러는 사이 동네 사람들도 하나둘 죽어갔습니다.

공산당들이 들어오면 반동이라 몰아세워 죽였습니다.

국군이 올라오면 빨갱이라 몰아세워 죽였습니다.

예배당 종소리도 끊긴 지 오래였습니다.

종소리에 놀란 꾀꼬리도 어느결에 날아가 버렸습니다.

종은 이제 마을 사람을 집합시키는 종이 되어버렸습니다.

국군이 올라오면 국군이 종을 쳐 사람들을 모이라 했습니다.

인민군이 내려오면 인민군이 종을 쳐 사람들을 모이라 했습니다.

평화로운 종소리가 아니고 두려움의 종소리가 되었습니다.

사람들은 남쪽이 이기고 있다고 했습니다.

조금만 더 올라가면 통일이 된다고 했습니다.

그런데 북쪽 나라 친구가 와서 북쪽을 돕는다고 했습니다. 그러자 이번엔 남쪽 나라 친구가 엄청나게 큰 군함을 몰고 바다를 건너왔습니다.

독 안에 든 쥐 잡듯 다 잡을 거라고 대포를 막 쏘아댔습니다.

새우젓 단지 같은 폭탄이 이 마을 저 마을로 쓩쓩 떨어졌습니다.

남쪽 나라 친구가 쏜 포탄이 초성리 마을에도 떨어졌습니다.

그 바람에 마을이 불타고 사람들도 죽고 다쳤습니다.

철원평야를 사이에 두고 남쪽과 북쪽은 한 치의 양보도 할 수 없었습니다.

흙에서 나는 쌀이 생명이기 때문이지요.

피를 많이 흘린 대가로 철원평야는 남쪽 나라의 것이 되었습니다.

북쪽 나라 수령은 철원평야를 빼앗기고 땅을 치며 통곡을 하였다고 했습니다.

전쟁을 겪는 바람에 나무숲으로 우거져 앞이 안 보이던 마을 뒷산이 대머리 산이 되었습니다.

초성리 마을도 다 타버렸습니다.

그림 같던 예배당은 흔적도 없어졌습니다. 예배당이 불탈 때 예배당 종도 불을 먹었습니다.

슬그머니 휴전이 되었지만, 산도 마을도 사람도 상처만 남았습니다.

시나브로 세월이 지나며 초성리 마을은 다시 조용해졌습니다.

산 사람은 살아야 한다며 집도 새로 짓고 예배당도 다시 지었습니다.

'엄니, 지는유, 저 예배당 뒷산에 샛별이 쇠고삐 한 줄 만치 걸렸을 때 종을 쳤지유…….'

만석이 목소리가 만석 어미 귓가에 우렁우렁 들려옵니다.

아들을 기다리다 폭삭 늙어 버린 만석 어미가 만석이 대신 새벽종을 칩니다.

그런데 이상합니다.

"텡그덩 탱탱, 탱그덩 탱탱……."

맑고 고운 소리가 아니고 쉰 소리가 납니다.

깨끗이 닦고 기름칠을 해 보았지만, 여전히 텡그덩 소리만 납니다.

불세례를 받은 무쇠 종은 제소리를 낼 수 없습니다.

"텡그덩 탱탱…… 탱그덩 탱탱…… 탱그덩 탱탱…… (내 새끼 만석아! 어디를 갔니? 이 에미만 두고 어디를 갔어!)."

만석이를 애타게 기다리는 만석 어미 울음소리 같기도 합니다.

여전히 마을에선 지금도 새벽 네 시면 날마다 종소리가 울립니다.

달빛마저 흔들리는 종소리입니다.

(≪한국교회신보≫ 2008년 신춘문예 당선작)

제3부

빈집에 온 손님

달빛이 흐르는 고요한 저녁입니다.

베란다 밖으로 내다보이는 벚꽃이 마치 눈꽃 같습니다.

호호 할머니는 꽃에 홀린 듯 뒤뜰로 향했습니다. 아름드리 벚나무 아래 서서 하늘을 올려다보았습니다. 꽃가지 사이로 보름달이 보였습니다.

그 속에 황구 얼굴이 보입니다.

"황구, 잘 있지?"

할머니는 달을 보며 인사를 건넵니다.

할머니와 황구는 해마다 벚꽃이 필 때면 꽃놀이를 나왔습니다. 꽃비를 맞으며 걷기도 하고 벤치에 앉아 사진도 찍었습니다.

‘떨어지는 꽃잎을 잡으면 행운이 온다는데, 그래서 몇 번이고 애써 잡기도 했는데…….’

황구라는 이름만 생각해도 가슴이 먹먹하고 눈시울이 붉어집니다.

영국 황실에서 키웠다는 코카스파니엘 황구는 인형처럼 예뻤습니다. 코카의 조상이 사냥개였다는데 그 피를 물려받아서인지 산책을 무척 좋아했습니다. 그냥 공원을 천천히 걷는 게 아니라, 뒷산을 붕붕 날아다닐 정도로 활력이 넘쳤습니다. 하지만 세월이 흐르면서 시나브로 늙어가고 나중에는 피부암에 걸려 다리를 절단할 위기까지 왔습니다. 지난봄 유모차를 타고 간 꽃놀이가 마지막이 되었습니다. 그래서인지 벚꽃이 피어나자 황구 생각에 가슴이 먹먹해집니다.

밤새 이리저리 뒤척이던 할머니는 배낭을 메고 집을 나섰습니다. 막상 문을 나서니 딱히 갈 곳도 생각나지 않았습니다. 그러다 문득 큰아이 작업실 생각이 났습니다. 황구가 아프기 전에 가끔 내려가 청소도 해주고 마당 잡초도 뽑아주곤 했는데 황구가 병들면서 아들네는 고사하고 이웃 친구들과 어울려 커피도 마시질 못했습니다. 그렇게 지극 정성으로 간호하며 낫기를 기도했지만, 소용이 없었습니다.

부천역에서 지하철을 타고 동두천에서 경원선 대체수송버스(경원선 철도 개설로 기차 대신 운용되는 버스)로 갈아탔습니다.

차창 밖으로 푸른 산과 들이 펼쳐집니다. 금세 타임머신을 타고 딴 세상에 온 것 같습니다.

"6.25 사변 때 김일성이 저 넓은 들판 빼앗기고 밤잠을 못 잤답디다."

"통곡했다더군."

"여기서 나오는 오대쌀이 얼마나 좋습니까?"

"38선으로 남북이 갈라졌을 때는 여기가 다 이북 땅이었지요."

"욕심내고 남한을 다 먹으려다 오히려 먹힌 거지 …허 참!"

할아버지 두 분이 뒷자리에서 큰소리로 대화를 합니다.

'내가 지금 이북 땅을 가고 있구나.'

불현듯 고향을 그리워하다가 돌아가신 시아버님 생각이 났습니다. 한국전쟁 때 피난을 나와 고향 갈 날을 기다리다 돌아가신 시부모님이 사시던 곳이 이곳 철원 땅입니다.

백마고지역에서 마을버스를 타고 구불구불 달리다 보니 뼈대만 남은 노동당사가 보였습니다. 신라 시대 유물인 '철조비로자나불좌상'이 있다는 도피안사를 지나면 금세 철원군 동송읍에 도착합니다. 금학산 방향으로 10여 분 걸으면 아들 작업실이 나타납니다. 아름드리나무로 둘러싸인 그림 같은 통나무집입니다. 어느새 앞마당 풀들은 아기 키만큼이나 자랐습니다. 풀숲을 헤치고 집안으로 들어서자 쥐 오줌 냄새가 물씬 풍깁니다.

흑미 같은 쥐똥은 여기저기 널려있고 집안 물건들은 제멋대로 흩어져 있습니다. 그야말로 폭탄 맞은 것 같습니다. 지난겨울 보일러가 얼어 터진 까닭입니다. 거기다 주인이 집을 비운 사이 쥐들이 활개를 치고 살았나 봅니다.

입을 다물지 못하고 서 있던 할머니는 우선 창문을 열어 환기를 시키고 마당으로 나갔습니다. 연장통에서 낫과 호미를 챙겨 들고 앞 뒷마당 제초작업을 시작합니다.

"집주인이 오시니 보기 좋네요."

산울타리 너머로 지나가던 아주머니가 말을 건넵니다.

"네, 작년엔 사정이 있어 한 번도 못 와 봤어요."

"집엔 그저 사람이 있어야지요. 보기에도 그렇고……."

"이웃에 민폐를 끼쳐 죄송해요. 우선 마당에 풀부터 뽑으려고요."

"아주 이사 오세요. 교회도 같이 다니게요."

아주머니는 아마 예배당에 가시는 모양입니다.

할머니는 낫으로 키 큰 풀은 베고 호미로는 작은 풀을 맵니다.

잡초 사이로 햇쑥이 무더기로 자라납니다. 비비추, 머위, 돌나

물, 질경이, 씀바귀, 민들레, 곰치, 취나물 온갖 나물들 세상입니다. 산발치여서 그런지 완전히 풀숲입니다.

'이것들도 다 살라고 나왔겠지…… 언 땅 뚫고 나온 풀들은 모두 약이라던데…….'

할머니는 쑥을 골라 한켠으로 모아 놓습니다. 삶아서 할아버지가 좋아하는 쑥떡을 만들어 줄 요량입니다.

"야옹!"

돌아보니 대문 밑으로 고양이가 한 마리 들어오더니 성큼 할머니 곁으로 다가옵니다. 서슴없이 할머니 다리에 제 머리를 비벼댑니다.

"반갑구나! 아가!"

"야아옹!"

대답이라도 하는 듯합니다.

할머니는 우선 점심밥을 한 숟갈 덜어 접시에 담아줍니다.

"배고프겠다. 이거라도 먹으렴."

측은한 눈빛으로 바라보다가 종이컵에 시원한 물도 따라줍니다.

'이 녀석도 늙고 병들자 버림받은 모양일세.'

알지도 못하는 고양이 주인이 좀 미운 생각이 듭니다.

"아가, 아주 이 집에서 살래?"

고양이는 평상에 엉덩이를 깔고 편안하게 앉아 밥을 먹습니다.

다음 주에도 할머니는 또 먼 길을 찾아왔습니다.

미술 전공한 큰아들이 수년 전 지은 집입니다. 출신학교에 조교로 남아 얼른 서울을 떠나지 못하다 보니 몇 년째 빈집입니다. 그러다 보니 이웃집에서 팔라고도 하고 세를 달라는 사람도 있습니다. 마당에 풀숲이 우거지고 모기가 많이 생긴다고 민원을 넣는 주민도 있는 모양입니다.

그새 또 풀들은 쑥 자라나 있습니다. 잡초는 뽑아내도 돌아서면 금세 또 돋아나곤 합니다.

고양이가 현관 옆 평상에 누워 잠을 자고 있습니다.

“잘 있었어? 널 주려고 사료도 사고 소시지도 하나 샀지.”

할머니는 고양이부터 챙깁니다.

‘쥐들이 그동안 얼마나 난리를 쳤을꼬?’

할머니는 걱정스레 현관문을 열었습니다.

“……?”

그런데 이상합니다. 지난번 왔을 때 쓸고 닦은 집안이 그냥 그대로입니다. 고양이가 드나들면서 쥐들이 꼬리를 감춘 모양입니다. 쥐똥 하나 보이지 않습니다.

“아가, 고맙다. 네가 그새 집을 지켰구나.”

주말이면 이렇게 할머니는 가방을 메고 먼 길을 오갔습니다.

할머니가 오면 고양이는 어디 숨어 있다가 귀신처럼 달려옵니다. 그러면 할머니는 밥그릇부터 챙깁니다.

"사는 게 힘들지? 그래도 네가 좋은 일을 한 게야. 쥐똥이 통 안 보여. 고마워!"

할머니가 고양이 머리를 쓰다듬습니다.

"야아옹!"

자세히 보니 녀석은 털만 부스스한 게 아니라 왼쪽 눈도 백태가 끼어 동공이 흐립니다. 그러고 보니 외눈박이 늙은 고양이입니다.

'우리 황구도 그랬는데, 눈에 눈곱이 끼곤 해서 치료를 받는 동안 자꾸 앞발로 비벼대는 통에 깔때기를 씌웠었는데……. 이 녀석도 한쪽 시력을 잃었구먼. 쯧쯧'

지난여름 세상을 떠난 황구가 또 생각났습니다. 피부암 때문에 죽어가는 황구와 할머니도 함께 아팠습니다. 견디다 못해 안락사를 시키고 친정집 뒷산에 수목장을 지낸 후, 겨우 정신을 차려 아들 작업실에 왔는데, 이 빈집에서 무슨 인연으로 녀석을 만났는지 알 수 없습니다.

"늙어 퇴물이라고 생각했는데 널 보니 한쪽으로 나도 아직 쓸모가 있구나. 가끔 와 마당 풀을 뽑으니 집이 아주 근사해 보이지 않니?"

할머니는 고양이에게 속 이야기를 합니다.

"언제 오셨어요?"

두런거리는 소리를 들었던지 옆집 아줌마가 울 너머로 인사를 합니다.

"조금 전에요. 글쎄 이 녀석이 있어 심심하지 않네요."

"그 고양이 아주 비싼 외국 종자래요. 사람 잘 따르는 걸 보니 사랑 많이 받던 고양인데요."

"어쩐지 지가 먼저 와서 아는 체를 하더라고요. 저는 강아지는 키워봤거든요. 15년을 그림자처럼 붙어살았는데 작년에 하늘나라로 보냈어요. 자식 보낸 것 같아 많이 힘들었어요"

"그래 못 오셨나 봐요. 아유, 여긴 들고양이가 많아요. 가라고 해도 자꾸 와요."

아주머니는 불만을 토로합니다.

"목마르실 텐데 좀 드셔보세요."

아주머니가 대문 안으로 들어서며 음료수 컵을 건넵니다.

"이게 작년에 할머님댁 마당에서 따 담근 개복숭아 엑기스에요. 딸 때가 돼도 안 오시길래 제가 따서 담갔는데 다섯 병이나 나왔어요."

"잘하셨어요. 머위랑 씀바귀랑 필요하신 거 있으시면 뜯어다 잡수세요. 가을엔 밤도 따시고요."

"밤 익으면 새벽부터 동네 사람들이 다 몰려와요."

"여럿이 나눠 먹으면 좋지요."

"가실 때 엑기스 한 병 가져가세요."

"고마워 어쩌나, 맛이 아주 훌륭해요."

"아주 내려오셔서 여기 사시지요."

"그러게요, 남편이 아직 일을 해서요."

"여기 공기 좋고 살기 좋아요."

"그러게요. 아들 작업실이라……."

할머니는 부지런히 마당 일을 마치고 이제 또 배낭을 메고 아들 집을 나섭니다. 평상에 누워 있던 야옹이가 일어서며 서운한 눈빛으로 할머니를 바라봅니다.

"아가, 잘 있어. 할미 또 올게."

어느새 정이 들었는지 녀석을 두고 가는 마음이 짠합니다.

'그 녀석은 거기 있는 것만으로도 제 몫을 하는 게야.'

헤어질 때마다, 서운해하는 그 녀석 모습이 자꾸 눈에 밟힙니다.

이러구러 봄이 가고 여름이 왔습니다.

조금만 움직여도 이마에서 땀이 뚝뚝 떨어집니다.

풀숲에 있던 모기들이 허기를 채우려는 듯 앵앵거리며 달려듭니다.

정신없이 풀을 뽑던 할머니는 일손을 멈추고 2층으로 올라옵니다.

쪽문을 열자 시원한 바람이 쏴 하고 몰려옵니다.

"좋다!"

금학산 산바람이 가슴속까지 밀려듭니다.

학이 날개를 펴고 있다는 산 자태가 한눈에 들어옵니다.

'있는 그대로 두는 거야. 그냥 이대로 놔두는 거야.'

올해로 경로를 맞이한 할머니는 이제 쉴 때가 되었다고 생각했습니다. 그런데 무슨 조화인지 문득 엉뚱한 생각이 들었습니다.

'오가는 사람들 쉬어가고, 쑥이며 두릅이며 나물도 뜯게 하고 가을이면 밤도 줍고……. 하느님이 지으시는 농사 이웃과 나누어 먹으면 그게 행복인 거지. 짐들은 2층에 올려 정리하고 1층은 아예 만남의 장으로 꾸미는 거야. 그래서 늘그막에 이웃과 이야기도 나누고 책도 읽고 차도 마시면 그냥 나눔터가 되는 거지 뭐.'

할머니는 아픈 허리를 펴며 혼자 상상의 나래를 폅니다.

봄부터 여름까지 먼 길을 오가며 빈집 풀을 매는 사이 할머니에겐 한 가지 꿈이 생긴 셈입니다.

할머니가 배낭을 메고 일어서자 깜짝 놀란 듯 고양이가 따라나섭니다.

"갔다 또 오마. 네가 할미한테 이쁜 생각을 하게 했어."

"야아옹!"

따라오던 고양이가 제집인 양 다시 대문 밑으로 들어갑니다.

(≪열린아동문학≫ 2020년 가을)

하얀 금반지

'어디로 갔을까? 어디다 뒀지?'

만수 할머니는 아침부터 방안 구석구석을 찾아봅니다.

화장대 서랍은 벌써 열 번은 더 뒤져보았습니다.

덮고 자던 이불과 요도 다 털어보았습니다.

'혹시 손탄겨 아녀?'

할머니는 안절부절못합니다.

'아무래도 그 할망구 짓이 틀림없어.'

평양댁이 매일 마실을 오더니 이제 물건까지 손을 댄다고 생각하니 괘씸하기 짝이 없습니다.

'이놈의 할망구를 내 그냥 나두나 봐라.'

할머니는 속으로 부르르 화를 냅니다.

'아녀, 아녀, 잃어버린 놈이 죄가 많다구 공연히 생사람 잡으면 안 되지.'

할머니는 별의별 생각이 다 납니다. 그런데 자꾸 평양댁 모습이 고개를 쳐듭니다. 심증은 가는데 물증이 없으니 말도 못하고 벙어리 냉가슴 앓듯 속으로만 끙끙거립니다.

"할매! 진지 드셨우?"

새참쯤 되자 평양댁은 여느 날처럼 할머니네 마루에 와서 윗도리를 벗어던지고 아무렇게나 눕습니다.

'자기 집인가?'

할머니는 공연히 부아가 납니다.

평소에 늘 식구같이 함께 먹던 점심도 주기 싫습니다.

일주일째 평양댁이 마실을 오지 않습니다.

'그 놈의 할망구, 내 금반지 훔쳐 가고는 마실도 못오지. 도둑이 제 발 저린다고.'

팔순생일 때 막내딸이 해준 금반지 생각만 하면 만수할머니는 자다가도 벌떡 일어납니다.

'금은 숨는다잖어. 생각지도 않은 데서 나오면 좋으련만.'

엉뚱한 생각이 들 때마다 그런 마음을 지우듯 고개를 흔들기도 했습니다.

"할매! 그간 별고 없으셨우?"

한동안 안 보이던 평양댁이 빨간 조끼를 입고 나타났습니다.

"이것 좀 잡숴 봐!"

고소한 냄새를 풍기는 양념 통닭입니다.

"어쩐일루? 한동안 안보이더니……."

먹을 것은 본 척도 않고 지나치듯 묻습니다.

"안양 사는 막내딸이 여행간다구 집 좀 봐달라구해서……."

평양댁은 빨간 새 조끼 탓인지 얼굴이 훤해 보였습니다.

'내 금반지 훔쳐다 조끼 사 입고 미안하니께 먹을 것 사온 걸 거야.'

할머니는 다시 틀림없다는 생각이 들었습니다.

"통닭 좀 잡숴!"

평양댁이 닭다리를 하나 건넸습니다.

"싫수, 댁이나 먹구랴."

"노인네도 다이아또 하시나?"

"그게 뭔소리여?"

"할매 큰딸이 살 뺀다구 했잖수? 할매 닮아 뚱뚱하다구."

평양댁이 별스럽지 않게 한 말에 만수 할머니는 버럭 화를 냅니다.

"그 집 딸은 뭐가 잘 나서. 꼬챙이 같이 마른 데다가 신랑도 주정뱅이라면서."

"내가 할매 생각해서 매일 왔는데 이제 이 집에 다시 오나 봐라."

"안 오면 겁나? 지발 오지마라."

매일 모여 딸 자랑에 시간 가는 줄 모르던 평양댁과 만수 할머니는 자랑이 흉으로 바뀌어 싸움이 되었습니다. 그렇게 큰 소리가 오고 간 후 평양댁은 발길을 끊었습니다.

매일 오던 사람이 발길을 끊자 만수 할머니는 살던 집이 절간처럼 적적하다는 생각이 들었습니다. 하지만 겉으론 표를 내지 않습니다. 그러다 자식들이라도 오면 평양댁 흉을 봤습니다.

"그 놈의 늙은이 안 와서 아주 좋다. 반찬은 또 얼마나 많이 먹든지."

"그래도 적적하잖아요?."

"아니다. 아주 편하고 좋다."

할머니는 마음에도 없는 말을 합니다.

평양댁도 집에서 지내자니 괜히 며느리 눈치가 보입니다.

"요새 왜 만수 할머니네 마실 안가세요?"

며느리가 어쩌다 이렇게 묻기라도하면 더욱 그렇습니다. 좁은 방구석에 틀어박혀 있는 것보단 만수 할머니네집이 훨씬 편안데

……. 툇마루에 앉아 앞산만 바라보아도 속이 탁 트이곤 했는데 말입니다. 웬일인지 주인이 거들떠보지도 않으니 난감합니다.

"평양댁이 많이 아픈가봐요. 막내딸이 다녀가더라고요."

모처럼 마실 온 금희 할머니가 알려줍니다.

'그놈의 할망구 아프거나 말거나…….'

만수 할머니는 말은 그렇게 하지만 그래도 한편 걱정이 안되는 건 아닙니다.

막내아들이 자전거를 타고 집에 들렀습니다.

"어머니, 반찬거리 사왔어요."

"먹는 사람이 누가 있다고 이런 것들을 사오냐? 난 이 없어서 이런 건 못 먹는다."

까탈스런 만수 할머니는 이래도 저래도 잔소리를 하십니다.

"냉장고가 비어 있으면 남들이 자식들 흉봐요. 엄마가 싫으면 다른 사람들하고 나눠 먹으면 되잖아요."

평양댁이라도 들르면 이런 것 저런 것 꺼내 함께 먹을 텐데 혼자 먹자니 맛있는 게 없습니다.

"늙으니까, 맛있는 것도 없다. 입이 고장났나봐."

할머니 투정은 날이 갈수록 늘어갑니다. 금반지를 잃어버리고 나선 더 합니다.

“엄마, 반지얘기 들었어요. 지난번에도 분갑 속에서 나왔잖아. 어디 잘 두고 못찾는 걸거에요.”

“그러믄 오죽이나 좋을까.”

막내아들은 어린아이 달래듯 위로를 합니다.

“엇그제 들러보니, 평양댁이 곡기를 끊었어. 벌써 열흘도 넘었다나봐. 그동안 당뇨가 심해졌는데 병원도 안가고 방바닥에 딱 붙어 누워만 있다는구먼.”

금희 할머니가 평양댁 이야길 또 꺼냈습니다.

“죽을라나보지…….”

“막내딸이 전복죽을 쒀왔는데도 입을 앙다물고 거들떠보지도 않더래.”

“…….”

“딸이 화가 나서 그렇게 죽고 싶으면 어서 죽으라고 소리 지르고 갔다는구먼.”

“…….”

“하긴 병원도 안가고 곡기 끊고 있는 평양댁 맘도 맘이 아닐 거야. 땅 한 뙈기 없는 살림살이 오죽하겠어. 자식에게 짐만 지우느니 얼릉 죽는 게 났다고 생각한 게지."

금희 할머니는 관절수술 휴유증으로 주척주척 왔다가 평양댁 소식만 전하고 금방 돌아갑니다.

'내가 너무 심한 거 아녀. 그나마 우리 집에라도 와서 말벗도 하고 좋았는데 좁은 방안에 갇혀있자니 얼매나 답답했을까?'

만수 할머니는 평양댁이 안됐다는 생각도 들었습니다. 하지만 먼저 찾아가 사과하고 싶은 생각은 손톱 만큼도 없습니다.

그렇게 며칠이 지났습니다.

"평양댁이 얼마 못 살 것 같데요."

막내아들이 와서 알려줍니다.

"어서 한번 들여다 보려무나."

"그러잖아도 다녀가려구요."

막내아들이 오렌지 쥬스를 들고 냇둑을 따라 걸어 내려갑니다.

"바쁜데 어떻게 왔어? 그리고 이런 걸 뭘하러……."

평양댁은 어둠침침한 방안에 혼자 누워있습니다.

"어서 일어나서서 우리 집에 마실도 가셔야지요."

평양댁은 입꼬리에 엷은 미소를 지으며,

"고마워. 엄마도 건강하시지?"

오히려 만수 할머니 걱정을 합니다.

"평양댁이 어젯밤에 돌아갔대요!"

마을 사람들이 모두 장례식장으로 달려갔습니다.

평양댁은 곡기를 끊은 지 한 달도 안 되어 하늘나라로 갔습니다.

만수 할머니만 우두커니 대문 옆 툇마루에 앉아 앞산을 바라봅니다. 제법 찬바람이 불어옵니다. 툇마루 벽에 걸려 있는 고추씨 봉지가 바람에 달랑달랑 흔들립니다.

'솥에 두른 것은 뭐든지 먹는다며 그렇게 식성 좋던 사람이 오죽 힘들었으면 곡기를 끊고 생목숨을 놨을까?'

좀 잘 해줄 걸 하는 때늦은 후회가 들었습니다.

지난여름 애호박 넣고 끓인 수제비를 땀 뻘뻘 흘려가며 두 그릇이나 비우던 모습이 떠오릅니다. 그 날 따라 외손녀들이 왔다고 데리고 와 부산스러웠습니다. 그 녀석들 밀가루 반죽을 보자 재미난 장난감이라도 본 것처럼 난리도 아니었습니다. 평양댁도 아이들과 어울려 강아지, 오리, 눈사람 같은 걸 만들며 즐거워했습니다.

'풀잎에 달린 이슬 같은 인생이라지만, 개똥밭에 굴러도 이승이 좋다는데 뭐가 급해서 그리 서둘러가노.'

만수 할머니 눈가엔 어느새 이슬이 맺힙니다.

겨우내 만수 할머니집은 조용합니다.

가끔 자식들이 들여다 볼 뿐 아무도 오질 않습니다. 할머니는 종일 누워지냅니다.

누워있는 할머니 모습이 꼭 아가가 엄마 뱃속에 있을 때 모습 같습니다. 누워만 있으니까 엉덩이가 자꾸 진물렀습니다. 시시때때로 아가들이 바르는 베이비파우더를 바릅니다.

"톡 톡 톡!"

할머니 엉덩이가 분을 바른 것처럼 뽀얗습니다.

"톡! 톡! 톡!"

잠에서 깨어난 할머니는 엉덩이에 또 베이비파우더를 바릅니다.

"엄마, 매일 누워만 있지 말고 문밖에 바람 좀 쏘이세요. 햇볕도 따뜻해요."

막내 아들이 아침부터 수선을 떱니다.

"엄마, 대청소 좀 할께요."

막내아들은 이부자리를 햇볕에 내놓습니다. 장롱도 깨끗이 닦고 서랍장도 정리합니다. 구석구석 겨울먼지를 털어냅니다. 장롱 밑에는 먼지가 솜뭉치처럼 쌓여있습니다. 동전도 여러 개 나옵니다.

"마당 쓸고 돈 줍는다더니 청소하고 돈 줍네."

혼자 두런대며 빗자루질을 하는데 말라 비틀어진 밀가루 덩어리가 걸립니다. 눈사람 모양입니다. 밀가루 반죽이 말라 터진 틈으로 무엇인가 반짝 빛을 냅니다.

자세히 보니 만수 할머니가 찾아 쌓던 금반지가 거기 있었습니다.

"엄마, 기쁜 소식 있어요. 반지 찾았어요."

막내아들은 소리를 지르며 툇마루로 달려 나갑니다.

"이를 어쩔꼬, 이를 어쩌노……."

머니가 뭐니?

1

우리 집 거실 달력 10월 18일, 빨간 동그라미가 커다랗게 그려져 있다.

'도란이 결혼식'이라고. 오늘이 그날이다. 우리 가족은 아침 식사 후 서둘러 집을 나섰다.

"이모부가 언니 손 잡고 들어가나?"

엄마 뒤를 따라잡으며 물었다.

"그럼!"

엄마가 대꾸했다.

"먼 곳에 계시다며?"

“3일간 특별 휴가를 받았단다. 어제 오빠가 모셔 왔다더라.”

버스 정류장에 오니 502호 사는 다인이가 인사를 한다.

“안녕하세요?”

“다인이구나, 예쁘게 차려입고 어디 가니?”

“친구 만나러요.”

다인이는 화장을 진하게 하고 스키니 청바지에 빨강 티셔츠를 입었다.

“어디 가니?”

“이모네 결혼식.”

“근데 교복 입고?”

“…….”

다인이 앞에서 쪽팔린다. 엄마는 늦둥이, 하나밖에 없는 딸인 나에게 너무한 것 같다. 학생은 교복이 예복이고 그게 제일 보기 좋단다. 화장품 사달라고 하면 민낯이 더 예쁜 나인데 뭐하러 피부 버리게 화장은 하냐며 못하게 한다. 그러면서 엄마한테 독서 지도를 받는 다인이에게는 예쁘다며 칭찬을 했다. 여하튼 엄마는 못 말린다. 하긴 할머니께서 소란에미 알뜰한 것 따라오려면 고무신 벗어 들고 달려와도 못 따라온다고 한 짠순이니까.

서울역에서 4호선을 갈아타고 명동에 있는 행복 예식장을 물어 물어 찾아왔다. 축하객들이 줄을 서서 인사를 하고 축의금을 내고 식장 안으로 들어간다. 한편 문밖에서는 오랜만에 만난 사람들이 삼삼오오 반가운 인사를 나눈다. 아빠가 이모부를 보고 빠른 걸음으로 다가가 덥석 안았다.

“이모부 안녕하세요?”

뒤따라 나도 이모부에게 인사를 했다.

“소란이가 많이 컸구나!”

이모부가 놀라는 눈치다.

엄마도 이모부를 두 팔로 끌어안았다.

“축하해요!”

“처형, 고마워요.”

하고 싶은 이야기는 많지만, 뒤에 손님이 많다. 식장 안으로 들어갔다. 둥그런 테이블마다 투명 유리 꽃병에 하얀 양란이 예쁘게 꽂혀 있다. 앞 테이블에는 한복을 곱게 차려입은 사돈댁 식구들이 앉아 있고 뒤 테이블에는 누가 봐도 가족이라는 것을 알 수 있는 뚱뚱한 사람들이 앉아 있다. 외갓집 친척들이다.

“오랜만일세 어려운 출입 하셨네.”

외할아버지를 붕어빵처럼 닮은 큰외삼촌이 악수를 청한다.

“이런 때나 봅니다.”

아빠가 응수한다.

안부를 묻는 사이 결혼식이 시작되었다. 새신랑이 싱글벙글 귀에 입을 걸고 입장한다. 이어 날씬하고 예쁜 언니가 하얀 드레스를 입고 오른손엔 부케를 들고 이모부 손을 잡고 생글거리며 나왔다. 좀 긴장한 듯한 이모부는 신랑 손에 언니를 넘겨 주고 신랑을 가볍게 포옹했다.

'내 딸을 잘 부탁하네.'

그런 의미가 들어 있는 것 같다.

주례사가 끝나고 양가 부모님께 인사를 드리는 순서였다. 언니가 신랑과 함께 이모부 앞에 섰다. 언니 이마가 조금씩 경련을 일으키는 듯했다. 순간 미간에 주름이 잡히고 동시에 눈물이 방울방울 흐르기 시작했다. 그 모습을 지켜보던 엄마도 테이블 위에 놓인 냅킨을 꺼내 눈물을 찍어 낸다.

'이를 어쩌지?'

다음은 시댁 어른들 인사 차례인데 내가 더 걱정되었다.

그때 결혼식장 도우미 언니가 얼른 다가와 잽싸게 눈물을 닦아 주고 파우더로 화장을 고쳐 준다. 아주 짧은 순간에 일어난 일이다. 그런데 내 생각 주머니에서 주르륵 긴 이야기가 지나간다.

2

이모네는 부자다. 아파트 평수가 우리 집 두 배다.

우리 집은 방마다 책밖에 없는데 이모네 집은 모두 이태리 가구로 채워졌다. 차도 외제 차를 폼나게 타고 다녔다. 여하튼 우리 집과는 비교도 안 됐다. 우리 아빠는 매일 글만 쓰는데 책이 잘 팔리지 않는 전업 작가다. 얼마 전까지 작은 출판사에 다녔는데 건강이 좋지 않아 그마저 퇴직하셨다. 그러니까 엄마가 우리 집 실제 가장인 셈이다. 엄마는 책 보따리를 싸 들고 이집 저집 독서 지도를 하러 다니는 선생님이다. 엄마는 종일, 아니 어떤 때는 밤늦도록 돌아다니다 집에 오면 화를 잘 낸다.

"이놈의 조 씨 종자들!"

우리가 아빠 닮아 집안을 어질러 놓는다며 더러운 종자란다. 종자 타령을 하다가도 학부모한테 전화가 오면 180도 친절하고 예쁜 목소리로 바뀐다. 나한테는 가끔 욕도 날리면서 엄마가 가르치는 아이들한테는 애교를 떨면서 존댓말을 쓴다. 그런 걸 보면 엄마는 다혈질에 이중 인격자가 틀림없다.

우리 집은 친척이 참 많다. 할머니들이 자식을 많이 낳았기 때문이다. 친할머니도 외할머니도 자식을 열 명씩 낳았다. 그것도 아들 여섯 딸 넷을 낳은 것까지도 똑같다. 그래서 집안 행사 때는 식구들만 모여도 100명이 넘는다.

이건 비밀인데, 난 이모부를 만날 수 있는 외할아버지 생신이나 명절 때가 기다려졌다. 이모부는 사람들이 안 볼 때 맛있는 거 사 먹으라며 오만 원짜리를 몰래 주머니에 넣어 주시곤 했다. 나는 까만 외제 차를 타고 오는 이모네 식구들을 볼 때마다 속으로 부러운 적도 많았다. 외제 차는커녕 국산 차도 없는 우리 집 식구들은 버스를 갈아타고 할머니 댁에 갔다. 시골 버스는 한 시간에 하나밖에 없어 한참씩 기다렸다가 타고 가야 했다. 돌아올 때도 마찬가지였다. 공연히 친척들 앞에서 주눅이 들었다. 말은 안 해도 엄마도 마찬가지인 것 같았다.

이모부는 어릴 때부터 부자가 되는 것이 꿈이었다고 했다. 왜냐하면, 부모님이 6·25 때 월남해 외갓집 동네에 와서 흙벽돌을 대충 쌓고 살았다고 한다. 작은 산골 마을이지만 동네에선 피란민 집이라느니, **38따라지라느니 하면서 그 집과는 잘 어울리지도 않았다고 한다. 그래서 이모부는 악착같이 돈을 많이 벌어 남부럽지 않게 사는 게 꿈이었다고 한다. 그리고 그 꿈을 이룬 것처럼 보였다. 그런데 어느 날 갑자기 중국으로 도망갔다. 가족들은 갈아입을 옷 몇 가지만 챙겨 들고 밤중에 우리 집으로 달려왔다.

**38따라지: 38선을 넘어 피난 내려와 남한에서 어렵게 터전을 잡은 실향민을 이르는 말.

엄마는 이모네 식구들에게 안방을 내주고 거실에서 지냈다. 아빠는 작은 방을 작업실로 쓰고 계셨기 때문에 별 문제는 없었다. 엄마는 우리끼리 살 때보다 반찬도 더 신경 쓰고 이모네 식구들이 편안하게 지내게 하려고 마음을 쓰는 것 같았다. 빚쟁이들 소동이 잠잠해지면서 이모네는 살던 집으로 돌아갔다. 그런데 그 일이 있고 난 후 엄마가 좀 이상해지신 것 같았다.

한밤중 오줌 누러 화장실에 가다 보면 엄마는 그때까지 혼자서 식탁에 앉아 멍 때리고 있다. 아무래도 말 못할 고민이 생긴 것 같다. 아는 체를 하면 화살이 나에게 날아올 것 같아 모른 척했지만, 은근히 걱정되기도 했다.

3

집으로 돌아간 이모는 엄마한테 자주 전화를 했다. 엄마와 이모 통화는 참 길었다. 나중에 들어 알고 있는 이모네 이야기는 한두 건이 아니다.

그중 제일 처음은 다섯째 외숙모와 관련된 이야기다.

마을 사람들은 외삼촌을 법 없이도 살 사람이라고 했다. 할아버지가 물려주신 밭 한 뙈기와 토종개 몇 마리를 길러 보신탕집에 팔아 근근이 살면서도 속없는 사람처럼 항상 허허거렸다. 그런데 참

알 수 없는 일은 착한 사람에게 나쁜 일이 생기는 것이다. 하나밖에 없는 딸이 중학교 1학년 때 고속도로 공사장 웅덩이에 빠져 하늘나라로 간 것이다. 할머니는 엄마에게 전화로 놀라지 말라고 말해 놓고 놀랄 일을 전했다. 엄마는 단숨에 병원으로 달려갔다. 외숙모는 '우리 영은이가 돈 벌면 아파트에 살기로 약속해 놓고 왜 죽었냐'며 피울음을 토하더란다. 그 후 지금까지 외숙모는 딸을 가슴에 묻고 산다. 웃을 줄도 모르고 늘 어두운 얼굴이다. 그 사고 보상금을 이모부가 몽땅 빌려 쓰다가 그 사단이 터진 거란다.

"혹시 내가 잘못되더라도 영은 형님네 돈은 꼭 갚도록 해."

이모부는 중국으로 남몰래 떠나던 날 새벽 현관에서 신발을 신으며 이모에게 부탁했다고 한다. 그 돈이 어떤 돈인지 잘 알고 있었으니까. 그래서 이모는 살던 집을 팔아 작은 집으로 이사를 하면서 이모부가 빌려 쓴 돈을 갚았다고 했다. 그런데 빌려 준 쪽에선 생각이 달랐다. 어떻게 원금만 받을 수 있느냐는 것이었다. 한편 특별히 생각해 제일 먼저 갚은 건데 고마운 줄도 모른다는 게 이모 생각이었다. 그래서 자매처럼 지내던 이모와 외숙모는 원수지간이 되어 버렸다. 집안 행사가 있을 때 보면 서로 눈도 안 마주치고 지낸다.

두 번째는 이발소를 하는 넷째 외삼촌네와 얽힌 이야기다.

우리 집에선 그 삼촌을 '깍세 삼촌'이라 부르는데 거기서도 이자를 많이 준다며 몇 천만 원인가 빌려 갔다고 한다. 삼촌은 별 내색을 안 하는데 외숙모가 문제였다. 이발해서 그 돈을 버는데 그동안 얼마나 힘이 들었겠냐? 남의 돈 갖다 쓰고 갚지 않은 채로 어떻게 버젓이 친정을 다니냐? 집이라도 팔아 갚아야 할 것 아니냐며 이모를 괴롭힌다고 했다. 이모는 이모대로 집을 팔면 당장 아이들하고 어디 가서 사냐며 엄마한테 하소연했다.

이모네가 부도가 나면서 외할아버지와 외할머니는 한꺼번에 날개 꺾인 새처럼 풀이 죽었다. 추석날이었다.

"그 사람이 실성했나? 어쩌려고 남의 돈을 끌어다 써, 대책도 없이……."

외할아버지가 사랑채 툇마루에 앉아 앞산을 바라보며 혼잣말처럼 중얼거리셨다.

"사람을 죽인 것도 아니니까 큰 죄를 지은 것은 아니지?"

외할머니도 엄마에게 물으셨다. 스스로 마음을 다독이는 것 같았다.

이모가 오후에 온다는 말을 듣고 외숙모들은 싱크대에 등을 기대 앉아 기다리고 있었다. 그야말로 두 다리 뻗고 어떻게든 빚을 받아 내겠다고 벼르는 빚쟁이들 모습이다. 분위기를 파악한 엄마가 이모에게 되돌아 가라고 문자 메시지를 보냈다. 오다 말고 돌아갔다. 하긴 명절날 형제들이 모여 싸우는 것보단 그편이 더 나을지도 모른다.

"그놈의 인간 때문에 친정도 못 가!"

이모가 또 부르르 화를 냈을 것이다. 화낼 때 보면 외할머니, 엄마, 이모 다 똑같다. 외가 유전자는 다혈질인 것 같다.

세 번째는 이모네 시댁 쪽에서 터진 웃기고도 슬픈 사건이다.

이모 말에 의하면, 하루 저녁 큰 시누이가 술을 한 잔 했는지 얼굴이 뻘게져 씩씩대며 달려왔더란다. 그게 웃기는 게 아니다. 한국말은 끝까지 들어봐야 안다. 글쎄 별안간 옷을 홀라당 벗더니 돈 안 갚으면 죽여 버리겠다고 주방에서 식칼을 들고 나오더란다. 놀라서 방으로 뛰어 들어가 문을 잠갔더니 방문을 발로 차대고 난리도 아니었다고 했다. 그 이야기를 듣던 엄마는 픽 웃었다. 하긴 언젠가 목욕탕에서 아줌마들 싸우는 걸 본 적이 있는데 옷 벗고 싸우니까 진짜 웃겼다. 이모네도 그랬을 것 같다. 그 상황에 웃음이 나오냐고 물어도 웃기는 건 웃기는 거다.

걱정 반 웃음 반 이야기를 듣던 엄마가 이모를 또 달랬다.

"돈 빌린 놈이 죄인이지. 시누이도 매달 동생이 주는 이자로 살다가 갑자기 끊기니까 막막해 그랬겠지. 어려울수록 가족끼리 도와야 하는데."

엄마는 이모가 하소연할 때마다 인내심을 발휘해 들어주는 것 같다.

이모네가 부도가 나면서 친척끼리 돈 관계가 거미줄처럼 얽혔는데 우리 엄마라고 무관할 것 같진 않았다. 심증은 가는데 물증은 없다. 엄마는 아무 일 없는 듯 생일 때나 명절 때 이모네 식구들을 불러 맛있는 것도 해 먹이고 돌아갈 때 이것저것 챙겨 주기도 했다. 김장 때면 이모를 불러 김장을 하고 나눠 먹었다. 김장하는 날이었다.

이모가 감기 기운이 있는지 배춧속을 넣으면서 연신 코를 풀어 댔다. 그러면서 또 푸념이 시작됐다.

"그놈의 인간들이 이자 받아먹을 땐 나한테 아무말도 안 하다가, 이자가 본전만큼 들어갔는데도 부도나니까 난리를 쳐 대. 내가 돈 주는 걸 봤냐? 형제들이 더 무섭다니까!"

이모가 또 부르르 떤다. 그 말을 듣고 있던 엄마가 한참 망설이다가 말을 받았다.

"이건 비밀인데, 도란 애비가 부도나기 한 달 전쯤 돈이 급하다고 전화를 했더라. 너한테 말하면 뭐라고 하니까 비밀로 해달라고 하면서 금방 갚는다며. 그때 마침 형부 퇴직금 받은 거 은행에 정기 예금 넣어 둔 게 있었거든. 이자가 싸도 아이들 등록금이라도 보태려고. 너도 알다시피 형부는 돈거래 못하게 하거든. 돈 빌려 달라는 사람 있으면 그냥 주라고 해. 가난한 시절 자기 엄마가 급성 맹장에 걸렸을 때, 병원비가 없어 친구한테 달려가니까 벼 열 가마를 그냥 팔아 주더래. 그런 형부한테 말할 수도 없지. 그렇다고 돈 가지고 있으면서 거짓말할 수도 없고. 형부한테는 말도 못하고 빌려 줬어. 빌려 준 지 얼마 안 돼 그 사단이 났네. 내가 아무리 사업에 문외한이지만 잘못될 거 같다는 예감은 들더라. 하지만 도란 애비 인격을 믿었지. 말 안 하려고 했는데 네가 형제들이 더 나쁘다고 하니까 도둑이 제 발 저린다고 사실대로 말하는 거야. 인생살이 새옹지마라는데 나중에라도 도란 애비 다시 일어서면 갚게 되면 갚고 말게 되면 말고. 애들 학교나 잘 보내. 애비가 집에 없으면 에미라도 잘 보살펴야지."

이모는 어처구니없는 표정을 지었다.

'이놈의 인간이 언니한테까지 가져갔나.'

이모는 또 부르르 열을 받는 것 같았다.

4

할아버지는 시골 사시는 작은아버지가 모시고 살았는데 치매가 왔다고 했다. 자식도 몰라보면서 맛있는 건 잘 안다고 할머니한테 늘 지청구를 들으며 지내셨다. 하루는 방 안에다 한 무더기 설사똥을 싸 놓았는데 작은아버지는 입을 벌리고 쳐다보기만 하더란다. 그 후 할아버지는 요양 병원에 가시게 되었다. 장남인 아빠는 그때부터 병원비 걱정을 하다 스트레스를 많이 받으셨는지 어느 날 새벽 심장 쇼크가 왔다. 식은땀을 흘리며 가슴을 쥐어짜며 곧 죽을 것처럼 고통스러워했다. 엄마는 119를 불러 응급실로 갔다. 심장 쇼크는 그 후로도 가끔 왔다. 엄마는 때마다 응급실로 아빠를 모시고 갔다. 담당 의사는 수술을 받으라고 권하고 아빠는 하는 일이 있다며 약만 먹겠다고 고집을 부렸다. 엄마는 잠자는 아빠 숨소리만 이상해도 살얼음 딛는 것처럼 조마조마한 나날을 보냈다. 얼마 후 그 소문을 들은 아빠 친구가 큰 병원에서 정밀 검사를 받도록 도와주었다. 검사 후 담당 의사가 사진을 보여주며 말했다고 한다.

“환자분 이리와 보세요. 어디가 막혔다고 그러세요. 막힌 곳 없습니다. 지금 약 먹고 있는 거 다 버리고 운동이나 하세요.”

‘세상에 어찌 이런 일이…….’

막힌 곳 알려 주고 수술하자 하겠지 각오하고 들어갔는데 예상과는 정반대였다. 동네 병원에서는 빨리 수술해야 한다, 서울 병원에선 이상이 없다고 하고, 아빠는 믿을 수 없다며 또 다른 병원엘 가 봐야겠다고 하였다.

5

좋은 일이 있든 나쁜 일이 있든 해는 뜨고 진다. 날이 가면 달도 바뀌고 해도 바뀐다. 아빠는 초등학교부터 대학까지 함께 다녔다는 고향 친구에게 부탁해 이모네 오빠를 친구 회사에 취직을 시켜 주었다. 처음부터 정규 직원은 아니었다. 알바부터 시작해 정규 직원이 되었고, 지난해에는 과장으로 진급도 했다. 이모네 언니도 경영학과를 수석으로 졸업하고 대기업에 취직해서 어엿한 직장인이 되었다.

어느 날 이모한테 모처럼 전화가 왔다.

“언니, 계좌 번호 좀 찍어 줘요. 애들이 이모 돈은 우선 갚고 싶대요. 애들이 월급 받아 모은 것 보내 드리는 거예요. 우선 천만 원 보내고 형편 되는대로 갚겠대요.”

엄마는 뜻밖의 전화에 잠시 어리둥절한 것 같았다.

“세상에…… 그 녀석들이 어느새 자라서…….”

전화를 받던 엄마는 눈가를 훔치고 있었다.

그 후 이모는 몇 차례에 걸쳐 엄마 통장으로 돈을 보내는 것 같았다.

“나라고 그 돈 생각이 왜 안 났겠어요. 당신한테는 미안해서 말도 못하고. 욱할 때마다 마음을 다독였어요. 돈만 잃자. 돈보다 귀한 게 형제간의 우애지. 남도 돕는데 동생 힘들 때 도와주었다고 생각하자, 당신 심장 수술 안 하고 돈 잃어버린 게 낫지, 하면서요. 그러다 보니 아주 조금씩 마음이 안정되는 것 같았어요. 애들은 아프면서 크고 어른도 힘든 일 겪으며 익어가나 봐요.”

엄마는 평안한 미소를 지으며 말을 이었다.

“그 녀석들이 지들 결혼하기 전에 이모 돈 꼭 갚겠다고 한대요. 그 말 듣고 ‘난 아이들한테 부담 주고 싶지 않다’고 했더니 동생이 놀라는 눈치더라고요.”

“아 참! 그 녀석들 괜찮네!”

엄마의 말을 잠자코 듣던 아빠가 한 말씀 하셨다.

6

식이 끝나고 친지들과 사진 찍는 모습이 화면에 나타났다.

“앞으로 자주 연락하며 지내자.”

큰외삼촌이 옆에 앉아 칼질하는 엄마에게 말했다.

“그래야지요.”

“왜 다른 동생들은 안 온 거니?”

“도란 애비랑 걸린 돈 문제가 해결 안 돼서 그런가 봐요.”

“그건 그거고 이건 이거지, 그러면 안 되지. 그까짓 돈이 뭐라고.”

큰외삼촌이 서운한 표정으로 말했다.

“그러게 말이에요. 돈이야 있다가도 없고 없다가도 있을 수 있지만, 돈 잃고 사람까지 잃으면 안 되는데…….”

“암 그렇지. 나이 드니까 건강이 최고더라. 이 세상 내 것이 어디 있더냐? 저 위에서 부르면 다 내려놓고 가야지.”

엄마와 외삼촌이 소곤거리며 이야기하는 곳으로 이모부가 다가온다.

“처형, 고마워요.”

이모부가 엄마 어깨를 안으며 작은 소리로 말했다.

이 한마디에 참 많은 의미가 들어 있는 것 같았다.

“축하해요. 기쁘지요?”

“아주 기쁘네요.”

이모부가 웃으면서 대답했다.

엄마와 이모부가 10년 만에 만나 나눈 짧은 대화였다.

“엄마, 이모부는 얼마나 더 거기 있어야 해?”

돌아오는 길에 엄마에게 여쭈었다.

“모범수로 뽑혀 머잖아 나올 수 있을 거래.”

“나오면 또 사업하실까?”

“글쎄, 무엇을 하든지 전과는 달리 살겠지?”

그때 부천역을 알리는 안내 방송이 나왔다.

이모부는 3일 휴가를 마치고 다시 그곳으로 돌아갔다.

7

내가 중학생이 되는 사이 양가 할아버지 할머니들은 모두 하늘나라로 떠나셨다. 막내아들인 이모부를 꼭 한 번만이라도 만나는 게 소원이라던 사돈 할머니도 세상을 떠나셨다. 오직 부자가 되는 게 꿈이었던 이모부가 ‘돈이 전부가 아니라’는 걸 깨닫는 데 10년이란 세월이 필요했나 보다.

이모는 올해도 김장을 하러 왔다.

“언니, 도란이가 깨가 쏟아지나 봐. 전화도 안 해.”

“애들 연락 없으면 좋은 거야. 힘들 때나 어쩌고저쩌고 하잖아.”

“아들이 내 생일날 씩씩하게 살아 줘서 고맙다고 문자를 보내왔어. 눈물이 쏙 빠지데.”

엄마와 이모는 두런거리며 배춧속을 넣으신다. 엄마는 차곡차곡

김치를 통에 넣었다. 퇴근 시간 되기 전에 가라며 이모네 차 뒤칸에 김치통을 실어 보낸다.

잠시 소파에 누워 있던 엄마가 이모에게 문자메시지를 보냈다.

"잘 도착했니? 수고했다."

"언니 고생했어요. 덕분에 김장 잘했어요. 푹 쉬고 새날 맞이하자고요."

"그러자!"

엄마는 허리를 잡고 안방으로 들어간다.

(≪시와동화≫ 2021년 가을호)

작가의 말

그동안 여기저기 발표했던 아홉 편의 단편을 모아 일곱 번째 책을 묶습니다.

농부의 딸로 태어나 가난한 글쟁이 아내로 살아온 제게 아무리 생각해도 이해할 수 없는 일입니다. 잘한 것도 별로 없는 저에게 하느님이 주시는 선물인 것 같아 그냥 감사할 뿐입니다.

이 동화집에는 평생 자식들을 위해 고생만 하며 사시다 돌아가신 부모님이 계시고, 스승과 제자로 만나 50년을 동고동락하며 살아온 우리 부부도 있고, 이런저런 인연으로 만나 함께 걸어가는 길벗들이 있습니다.

사랑의 빚진 자로 남은 시간 그 빚을 갚으며 살아야겠다는 다짐을 해 봅니다.

2021년 가을 송내공원을 바라보며

문 이 령

지은이 문이령

지은이 문이령은, 동화작가로 『짱구, 안녕!』『복순이네 꼬꼬』 그리고 청소년 소설『어머니, 꽃구경 가요』 손바닥 동화 『동네 한 바퀴』 등을 썼다.
제28회 복사골문학상을 받았다.